JN301428

「羅生門」の誕生

関口安義

翰林書房

「羅生門」の誕生◎目次

はじめに 5

第Ⅰ章 **時代** 9

一 なぜ〈時代〉か 10

二 反動の時代 14

三 三つの戦争 17

四 謀叛の精神 25

第Ⅱ章 **友情** 49

一 田端転居 50

二 家の新築 55

三 友との交わり 63

四 特異な友情 79

第Ⅲ章 **失恋** 85

一 異性への関心 86

二　失恋事件の大筋　95
三　〈家〉の束縛　102
四　養家への反逆　107

第Ⅳ章　**松　江**……113
一　松江行きの誘い　114
二　島根県松江市　119
三　失恋を癒す旅　124
四　「羅生門」の誕生　133

第Ⅴ章　**自己解放**……147
一　「羅生門」の世界　148
二　自立への歩み　155
三　一九一五年秋　164
四　『新思潮』創刊前夜　172

はじめに

二〇〇七（平成一九）年四月から使用されている日本の高等学校国語教科書『国語総合』は、二十六種に及ぶ。そのすべてに、芥川龍之介の小説「羅生門」は、採用されている。『国語総合』は、二〇〇三（平成一五）年四月からのカリキュラムの改訂に従い、登場した科目である。それまでの『国語Ⅰ』『国語Ⅱ』に変わるもので、高校生が主として一年生の段階で学ぶ教科だ。

教科書は四年に一度改訂される。二〇〇三年版の『国語総合』の教科書は、二十種類であった。「羅生門」は、その時点で全教科書に登場するようになった。『国語Ⅰ』『国語Ⅱ』時代から、「羅生門」は高校生の国語教材として人気を誇っていた。全教科書の八十パーセントを超える採用率であった。それが『国語総合』時代を迎え、ついに一〇〇パーセントの採用ということに至ったのである（注、二〇〇九年版は二十三種となったが、「羅生門」の一〇〇パーセントの採用は変わらない）。

これは高等学校の国語教科書としては、前例のない出来事なのだ。漱石の「こころ」、鷗外の「舞姫」、中島敦の「山月記」なども、高校教科書の定番、共通教材として知られているものの、「羅生門」の採用率一〇〇パーセントにはほど遠い。

「羅生門」の『国語総合』席巻は、各社教科書編集者の談合などではなく、それぞれ自主的に決める教材選定において、期せずしてそうなったのである。小中学校の国語教科書は、広域採択ということもあって数は数種に過ぎないので、共通教材も生じやすい。が、学校採択となる高校の教科書二十六種類のすべてに、同一教材が載るというのは、過去にはなかった。

高校進学率が一〇〇パーセントに近づいている現在、選択必修とはいえ『国語総合』はカリキュラム改訂後の過去六年間、ほとんどの学校が履修させてきた科目である。すると、この国では、十五、六歳に相当する少年少女のほぼ全員が、芥川龍之介の若き日の小説「羅生門」を教科書で学んできたことになる。「羅生門」学習世代が誕生しはじめたのである。これは実は注目すべき重要な社会現象なのだ。が、ジャーナリズムもこの現象を見過ごし、新教科書には漱石・鷗外に代わり、戦後生まれの新しい作家が登場していることのみに光を当てる。

わたしは芥川にかかわるおびただしい量の新資料の出現、それに伴う研究の進展が芥川再発見を促し、教科書に「羅生門」を引き込んだとの考えをもつ。作品の完成度の高さ、文章表現の見事さ、ストーリーの奇抜さ、時代を見抜く洞察力・批評性などが評価され出したのだ。それゆえに〈小説入門〉といった単元に採られることになったのである。

かつては芥川というと、自死した作家という面がことさらに強調された。そして書斎に籠もりがちの腺病質の芸術至上主義者、本から現実を測定するだけの人として見なされ、暗く陰鬱な、老成した作家と規定されるのが一般的であった。「羅生門」の〈読み〉も、その視点に縛られがちであったと言えよう。

が、下書きメモ・ノート・断片など作品にかかわる直接の資料、さらには芥川をめぐる仲間の日記の発掘、新しい読書理論（reader response theory）の導入、英語・ロシア語・中国語・韓国語をはじめとする言語による芥川テクストの翻訳、……これらの環境は、新しい視点からの〈読み〉を生み出すようになった。

そうした中で、芥川は老成した厭世家などでは決してなく、若き日には若いなりの意欲に満ちた作品を書き、多くのすぐれた友人に恵まれ、社会意識・歴史認識においても群を抜く作家であったことがわかってきたのである。

彼は孤独・愛・エゴイズム・友情・不安・矛盾・不条理・束縛・悪魔、そして神の問題を生涯問いつめた作家であった。初期作品「羅生門」には、そのような生きることにまつわる諸問題が、早くも顔を出していたのである。再評価・再発見の視点がはっきり見えてきたと言えようか。

ここに「羅生門」の誕生を、さまざまな角度から検討し、改めて若き日の芥川龍之介の人と文学に迫るという、本書の目標が有効性を帯びるのである。神経質で陰鬱な作家、暗く、冷たい、芸術至上主義の文学といったレッテルを剝がす試みである。

「羅生門」は、一九一五（大正四）年十一月号の雑誌『帝国文学』に載った。それから現在（二〇〇九）まで九十四年、発表当初無視されたテクストは百年を経ずして、いまや国民教材として公認され、この国のほぼすべての少年少女によって学ばれている。芥川没後八十二年、芥川文学再発見の気運の生じる中、いまや彼の業績の中核に置くことのできる「羅生門」は、如何にして誕生したのか。本書は多面的な角度から、その課題に迫ろうとしたものである。

以下、対応キーワードとして「時代」「友情」「失恋」「松江」「自己解放」の五つを選び、それぞれの章に仕立てた。高校生にもわかる平明な文体で、若き日の芥川龍之介と「羅生門」の誕生を語りたいと思う。

君看雙眼色
不語似無愁

第I章／時代

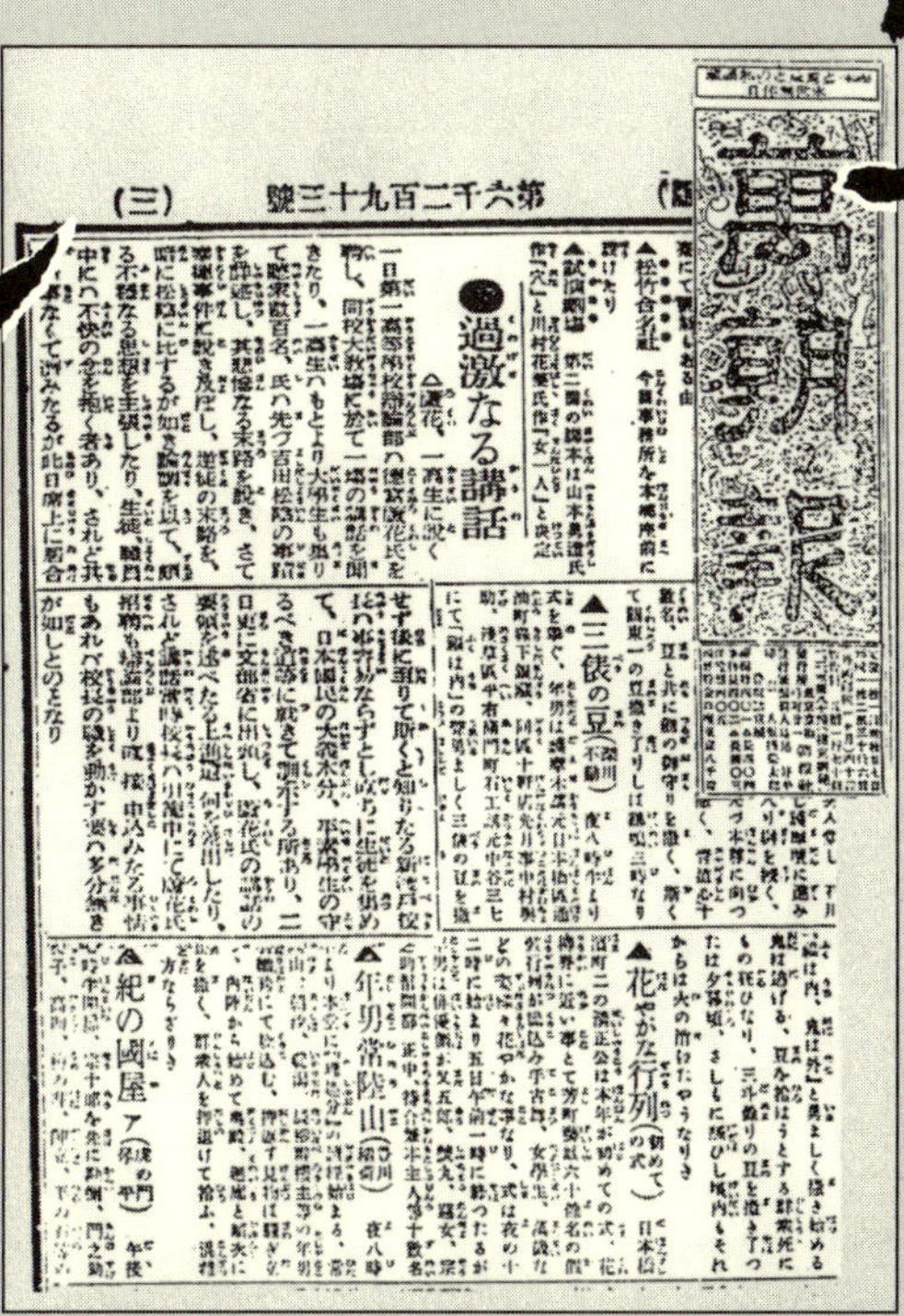
萬朝報
第六千二百九十三號　（三）
過激なる講話
三俵の豆
花やかな行列
年男常陸山
紀の國屋

『萬朝報』一九一一年二月五日

一　なぜ〈時代〉か

芥川龍之介という作家を考える際、時代との関わりを無視することはできない。どの作家もそうであるが、芥川の場合ひとしおこの感が深い。わたしは十年前に刊行した芥川論の書名に、『芥川龍之介とその時代』（筑摩書房、一九九九・三）を用いたほどである。

時代というキーワード

なぜ〈時代〉なのか。これまでの芥川論は、とかく彼をその生きた時代から切り離し、厭世的な芸術至上主義者という作家像で塗り込めることが多かった。そのポートレートも、左手をあごに置き、ぼさぼさに伸びた髪、相手をにらむかのような眼をした、――最晩年の暗い感じの伴う痩せた姿のものが好まれるという事象が、大手を振ってまかり通っていた。それを修正する意味でも〈時代〉のキーワードは大事と言えよう。とかく敗北者芥川、敗北の文学といったイメージの先行する芥川龍之介の人と文学を、闘いの生涯を生き抜き、社会性・先見性に満ちた、新時代にふさわしい文学の担い手として再編する試みに、〈時代〉の一語は有効なのである。

わたしのこうした視線は、世界の人々の関心がイデオロギーから人間の内面の問題へと移行する冷戦後に鮮明になったものである。わたしは高校時代に芥川とめぐりあい、大学院時代から芥川研究に本格的に取り組んできたが、芥川の社会性・先見性・国際性などを、より的確に把握するのは、ずっと後のこと、一九九〇年代の冷戦終了という社会的事象の中においてであった。むろんそれまで多くの芥川作品にふれていたから、その予見はあった。また、わたしが芥川の人と文学を改めて論じはじめるのに並行して、多くの新資料が出現しはじめたことが、そうした考えを支持してくれることとなる。では、〈時代〉というキーワードが生かされる新資料とはなにか。

新資料

象徴的な三つの事例のみあげる。第一は東京都目黒区駒場四—三—五五の駒場公園内の日本近代文学館に収まった大量の芥川旧蔵書、それにノート・原稿・草稿・書簡・書画・遺愛品などの関係資料である。これらは龍之介未亡人芥川文《ふみ》・長男比《ひ》呂志《ろし》・甥の葛巻《くずまき》義敏、それに佐佐木茂索・池崎能婦子《のぶこ》・飯沢匡《ただす》・巌谷大四《いわやだいし》・室生朝子らの寄贈になる。

日本近代文学館では、それらを一括して芥川龍之介文庫と呼んでいる。中核は芥川文と比呂志によって長年保管されていた芥川家提供のものである。よくぞこれまで保管されていたと思われる資料の数々がここにある。さらに二〇〇八（平成二〇）年五月には、龍之介の令孫芥川耿子《てるこ》から芥川家収蔵龍之介関係資料の最後と思われる二一三三点が寄贈（一部寄託）された。最後まで芥川家に置かれていた資料の中には、失われたとされる遺書や弔辞、それに龍之介や文宛書簡など、プライバシーにわたるものが多数含まれる。

第二は山梨県甲府市貢川《ぐかわ》一丁目五―三五の芸術の森公園内の山梨県立文学館に収まった旧岩森亀一コレクションを中心とする資料群である。これは東京都千代田区神田神保町の古書店三茶書房を営んでいた山梨市出身の岩森亀一の収集になる五〇〇〇点を超す厖大な芥川関連資料である。山梨県が文学館開館に先立って購入（一部寄贈）したもの。

内容は大きく六つに分類することができる。（一）肉筆原稿（完成稿・未定稿・別稿・断片）（二）初期作品資料（三）ノート・メモ類（四）旧蔵書（五）関係資料（六）芥川宛書簡ということになる。このうち本書にかかわるのは、（一）の中に含まれる「羅生門」下書きメモ・ノートや断片原稿である。館オープン後も毎年寄贈や館購入の芥川資料も加わり、いまや日本近代文学館の芥川龍之介文庫に次ぐ、一大芥川コレクションが形成されるに至っている。

第三は芥川の一高時代から東大時代にかけての同級生、井川恭《いかわきょう》（のちの恒藤恭《つねとうきょう》）・成瀬正一《せいいち》・森田浩一・松岡譲・長崎太郎らの日記である。それらが一九九〇年代から二〇〇〇年代にかけて次々と出現した。資料としての日記の価値は大きい。周辺から芥川の人と文学に迫ることができるからである。これらは、奇《く》しくも震災や戦災を免れて保存されたものである。中学時代からの「井川日記」は、大阪市立大学恒藤記念室が保管しており、一高時代のものは、『向陵記―恒藤恭　一高時代の日記―』（大阪市立大学、二〇〇三・三）として刊行されている。

芥川の一高時代の学友の日記は、実に貴重である。芥川との交流ばかりか、当時の一高生活やそこでの事件が活写されているからである。成瀬正一の日記は、現在高松市の菊池寛記念館が所蔵しており、石岡久子による翻刻が進行中である。成瀬の歯に衣着せぬ日記の文章は、芥川との交わりにも及ぶ。また森田浩一の日記は、東京都福生《ふっさ》市郷土資料室にあり、一九一一（明治四四）年のものが影印とともに『森田浩一とその時代〜日記を通して見えてくるもの』（福生市郷土資料室、二〇〇一・一）に収録された。絵画への打ち込みやキリスト教、それに大逆事件にかかわる徳冨蘆花の講演「謀叛論」に対する学内の反響を伝える記事が貴重である。

　長崎太郎や松岡譲の日記は、いまだ遺族の許にあって公開には至らない。が、やがてはふさわしい文学館なり図書館が管理し、公開するようになるであろう。わたしはご遺族に最もふさわしい施設に寄託するよう勧めている。日記の探索・発掘は、研究を大幅に進展させるものなのだ。わたしはその一部を、『芥川龍之介とその時代』ほかの研究書に吸収している。以後も毎年のように新資料の発掘が続く。特に新出書簡は、この十年で百通を軽く超える。そのほとんどは岩波版の最新の『芥川龍之介全集』が収録している。芥川研究はまさに「日進月歩」の状況なのである。本書では、そうした新資料をできるだけ用いて、論を展開したい。

二　反動の時代

生誕地

さて、芥川龍之介は一八九二（明治二五）年三月一日、東京市京橋区入船町八丁目一番地（現、東京都中央区明石町一〇—一一）で、牛乳販売業を営む新原敏三《にいはらとしぞう》・フク夫婦の長男として生まれた。現在の聖路加国際病院のあたりである。入船町八丁目周辺のことは、近年の川崎晴朗《せいろう》の調査「芥川龍之介の生誕地」（『文学』二〇〇四・三）に詳しい。川崎は外交史が専門で、外国人居留地研究の過程で、当時新原敏三が住み、牛乳店耕牧舎を経営していた建物の図面を外務省外交資料館で発見し、芥川生誕の地に関して的確な情報を提供してくれた。

それによると入船町八丁目一番地が外国人居留地になるのは、一八九三（明治二六）年で、龍之介生誕半年後のことという。また、龍之介は父四十三歳の後厄、母三十三歳の大厄の年に生まれたため当時の俗習に従い、新原家の筋向いのプロテスタント教会の門前に捨て子にされるが、川崎はその教会をイギリス教会宣教会の聖パウロ教会と特定する。

龍之介の父新原敏三は、山口県玖珂郡賀見畑《かみはた》村（現、美和町）生見《いきみ》の出身である。彼は開化期を逞《たくま》しく生きた人で、居留地の外国人のために牛乳やバターを提供するため、この地に住み、牛乳販売業耕牧舎を営んでいたのである。母フクは東京市本所区小泉町の生まれ。

旧家の出で男四人、女五人、計九人兄弟の一人として育つ。容貌に恵まれていたという。龍之介はこの母親似であった。が、フクは龍之介を生んだ八か月後に突然精神に異常を来し、発狂する。そこで龍之介は、母の実家である芥川家に引き取られ、やがて裁判を経《へ》て芥川道章《どうしょう》・儔《とも》夫婦の子として育てられる。実際に養育に当たったのは、生涯独身を通した道章の妹で、フクの姉に当たる芥川フキである。龍之介の自筆年譜には、「辰年辰月辰日辰刻の出生なるを以て龍之介と命名す」と記されている。彼の生まれた日は、松方正義が蔵相兼任で内閣を組織していた。第一次松方内閣の時代である。

専制政治の時代

一八九二年という年は、三年前の一八八九（明治二二）年二月十一日の大日本帝国憲法の公布、翌年十月三十日の教育勅語の発布など、天皇制国家の制度が急速に整えられつつあった時代である。明治国家による国民教化は、自由民権運動に対抗するものとして、国家構想をもって本格化していた。大日本帝国憲法、いわゆる明治憲法は、天皇を国の元首として統治権を持たせるばかりか、国民の精神的尊崇の対象としての機能をも兼ね備えることになった。憲法制定に貢献のあったのは、伊藤博文である。彼はドイツに滞在し、ドイツ諸邦憲法に範を仰いで明治憲法を起草することとなる。憲法発布は、日本の国際的地位を上昇させたものの、他方で天皇は現人神《あらひとがみ》と称され、神格化された。

制度的に体制を固めた中央集権の日本国家は、帝国主義的性格を帯びはじめていた。専制の第二次伊藤内閣の出現したのも、軍備拡張をめざして軍艦建造、製鉄所建設を積極的にすすめた津田真道《まみち》・元田肇《もとだはじめ》らの「国民協会」の結成されたのも、一八九二年のことである。近代日本の夜明けは、よく言えば矛盾をはらんだ国の発展期、悪く言えば民衆弾圧の専制政治の時代であった。天皇の絶対視と国体精神の強調は、明治憲法の特色であり、日本の国民は、天皇の民（臣民）と位置づけられ、人々の自由は大幅に制限されることになる。芥川龍之介は長ずるにおよび、こうした天皇制に疑問をもつ。それが彼のテクストに昇華されるのは、文壇登場と同時である。

教育勅語（正しくは「教育ニ関スル勅語」）は、明治憲法を補完する文書として発布され、国民教化の聖典となった。教育勅語は国民の道徳の基本理念だとして教育の場に導入される。その謄本は発布一年以内に全国の学校に配布され、同時に模範校には天皇・皇后の写真（御真影）が下付されて、ともに礼拝の対象とされた。それを拒むことは不敬罪とされた。

事実、教育勅語発布翌年の一八九一（明治二四）年一月九日、第一高等中学校の教員内村鑑三が、教育勅語への礼拝を拒んだことから、その態度が不敬であったという理由で学校を追われるという、いわゆる不敬事件も起こっていた。内村は不敬漢、国賊と見なされ、世論から袋叩きにあう。

この事件を契機として、教育と宗教との関係をめぐって激しい論争が生じた。東京帝国大学教授の井上哲次郎は、キリスト教は国体と相容れぬと主張し、柏木義円・植村正久・

大西祝《はじめ》などがそれを批判するという形で展開した。切支丹禁制の高札撤去（一八七三・二・二四）後、一時盛んだったキリスト教もこの時代には圧迫を受けるようになる。大日本帝国憲法は信教の自由を保障するとしながらも、実際はキリスト教を非難・排除するということにもなっていく。芥川の生まれた明治二十年代は、このような反動の時代でもあった。

三　三つの戦争

芥川龍之介が生きた時代には、三つの戦争があった。日清戦争と日露戦争と第一次世界大戦である。それは当然彼の文学にも反映することとなる。

日清戦争

第一の日清戦争とは、一八九四（明治二七）年八月一日に宣戦布告した対清国（中国）との戦争をいう。戦争の表面的理由は、朝鮮の独立と東洋の平和にあるとされた。日本は朝鮮に日韓修好条約という不平等条約を押しつけ、朝鮮貿易で利益を得ていたが、中国の朝鮮支配が強まるとともに貿易額は著しく減少する。その不満が戦争という形をとる。日清戦争は、朝鮮貿易をめぐっての争いといってよい面があった。

最近の原田敬一『日清・日露戦争』（岩波新書、二〇〇七・二）によると、伊藤内閣の派兵決定は、国内政治で追いつめられていたためという。その打開策として朝鮮問題が利用されたのである。同年六月二日、伊藤の朝鮮出兵上奏に対して、明治天皇は大山巌陸相らに

「同国寄留我国民保護のため兵隊を派遣せんとす」という勅語を下した。が、朝鮮出兵は居留民保護という名目を超える大規模のものとなり、やがて清国への宣戦布告という事態を迎える。

当時中国は「眠れる獅子」といわれ、国力はあなどれるものではなかっただけに、戦争は日本の国運を賭けてのものとされ、国民を熱狂的な気分に追いやった。戦争は平壌・黄海・大連などで優勢の日本が勝利を収めて、翌年四月十七日、日清講和条約（下関条約）が調印され、日本は多額の賠償金と台湾を得る。日本の資本主義の発展は、戦争によって軌道に乗るという矛盾を当初から抱え込んでいたのである。

芥川龍之介は、このような時期に幼少年時代を過ごすのであった。開戦時の芥川は、満二歳であるから、その記憶はないに等しい。芥川後年の小説「首が落ちた話」（『新潮』一九一八・一）は、中国清代の作家、蒲松齢《ほしょうれい》の『聊斎志異《りょうさいしい》』をはじめ、トルストイの『戦争と平和』やポーの「鋸山奇譚《のこぎりやまきたん》」などが種本とされているが、日清戦争および戦後一年の中国が舞台となっている。この小説の「上」の箇所には、戦場の非情な場面が描かれており、後年の反戦小説「将軍」（『改造』一九二二・一）の先駆けともなる作品として注目される。日清戦争の研究を経て成った小説である。

日露戦争

近代日本が体験した第二の戦争は、日清戦争終結から十年、一九〇四（明治三七）年二月十日に宣戦布告された日露戦争である。日清戦後のロシア・ドイツ・フランスによる、いわゆる三国干渉によって、日本は遼東《りょうとう》半島における権益を放棄する。が、その後十年計画による対露軍備拡張を増税の中で実施してきた。戦争は満州（現、中国東北部）・朝鮮の権益・支配をめぐる争いであった。ロシアは満州の独占支配と朝鮮進出をねらい、日本の利害と衝突する。政府は前年六月の元老・主要閣僚の御前会議（注、天皇出席のもとで行う重臣・大臣が参加して行う会議）で開戦を意図した対露交渉を決め、以後、ロシアと交渉したものの妥協点を見出せず、戦争に突入した。

開戦時の日本の首相は、桂太郎である。桂は前年十二月末の閣議で開戦準備促進を決め、二月四日に御前会議をもって対露国交断絶と軍事行動開始を決定し、十日に宣戦を布告する。戦争は多くの犠牲を払い、乃木希典《のぎまれすけ》率いる陸上では苦戦したが、東郷平八郎の指揮する連合艦隊のバルチック艦隊撃滅によって、海軍力を失ったロシアが譲る形で一九〇五（明治三八）年九月五日、ポーツマス（注、アメリカ北東部の都市）での交渉の末、講和条約が成立した。講和にはアメリカの斡旋があった。

戦争での戦死者の増大と生活苦は、日本の人々の中に厭戦ムードを呼び起こすようになる。他方、ロシアでは一九〇五年一月二十二日、ペテルブルグで近衛兵による民衆への発砲事件（血の日曜日事件）があり、革命運動が激化し、六月には戦艦ポチョムキンが反乱を起こすなど、革命は全土に拡がりはじめた。そうした内憂を抱え、ロシアも戦争の早期終結を求めたのである。

動員令

日露戦争のはじまった日、芥川龍之介は満十一歳、翌月三月一日の誕生日が来て十二歳になるという年齢であった。江東《こうとう》小学校高等科在学中のことである。「追憶」（『文藝春秋』一九二六・四～一九二七・二）という回想記に、この年二月五日に発せられた動員令に触れた箇所がある。補習授業の夜学の帰りに、家の近くの本所警察署の前を通ったら、「高張提灯《たかはりちょうちん》が一対ともしてあつた」というのである。「僕は妙に思ひながら、父や母にそのことを話した。が、誰も驚かなかつた。それは僕の留守の間に「動員令発せられる」と云ふ号外が家にも来てゐたからだつた。僕は勿論《もちろん》日露戦役に関するいろいろの小事件を記憶してゐる。が、この一対の高張提灯ほど鮮かに覚えてゐるものはない」と回想する。また、「追憶」では日本海々戦に関して、以下のように書いている。

僕等は皆日本海々戦の勝敗を日本の一大事と信じてゐた。が、「今日晴朗なれども浪高し」の号外は出ても、勝敗は容易にわからなかつた。すると或日の午飯《ひるめし》の時間に僕の組の先生が一人、号外を持つて教室へかけこみ、「おい、みんな喜べ。大勝利だぞ」と声をかけた。この時の僕等の感激は確かに又国民的だつたのであらう。僕は中学校を卒業しない前に国木田独歩の作品を読み、何でも「電報」とか云ふ短篇にやはりかう云ふ感激を描いてあるのを発見した。

「皇国の興廃この一挙にあり」云々の信号を掲げたと云ふことは恐らくは如何なる

戦争文学よりも一層詩的な出来事だつたであらう。しかし僕は十年の後、海軍機関学校の理髪師に頭を刈つて貰ひながら、彼も亦日露の戦役に「朝日」の水兵だつた関係上、日本海々戦の話をした。すると彼はにこりともせず、極めて無造作にかう云ふのだつた。

「何、あの信号は始終でしたよ。それは号外にも出てゐたのは日本海々戦の時だけですが。」

後年第一高等学校で芥川と親しい交わりを結ぶ井川恭（のちの恒藤恭）は、島根県立第一中学校時代に日露開戦を迎えた。開戦二十日前の一九〇四年一月十七日の「井川日記」に、「日露戦争愈々近きにありとの噂にして日魯《ママ》の交渉破裂の外なし」とあり、開戦後は毎日のように戦況を「日記」に記録することとなる。芥川にしても井川にしても、ロシアとの戦争は「我国開闢《かいびゃく》以来未曾有《みぞう》の大事」（「井川日記」一九〇四・一二・三一）として理解され、そこには戦争を支持する考えはあっても、戦争批判は見られない。小学生や中学生には、戦争の本質を見抜くことは困難であった。むしろ興奮して事態を見守っていたのである。

非戦論

戦争に入る前から、国民は軍備拡張による相次ぐ増税に苦しんでおり、『萬朝《よろずちょう》報《ほう》』では、内村鑑三や幸徳秋水や堺利彦らが非戦論を展開した。内村はキリスト教の立場から戦争は人道に背くものと主張し、幸徳と堺は社会主義の立場から戦争に反対した。やがて三人は、戦争協力の立場をとるようになった『萬朝報』を去り、内村は『聖書之研究』に処って非戦論を展開する。幸徳と堺は「自由・平等・博愛」を掲げた『平民新聞』を創刊（一九〇三・一一・一五）、開戦と同時に社説に「ロシア社会党に与うる書」（「与露国社会党書」）を発表、軍国主義に反対し、日露人民は兄弟であると主張した。これはヨーロッパの社会党の新聞に翻訳掲載され、大きな反響を呼んだ。

明星派の歌人与謝野晶子は、旅順攻撃に参加した弟の無事を祈って「君死に給ふこと勿《なか》れ」（『明星』一九〇四・九）の反戦詩を書いた。また、女流作家大塚楠緒子《くすおこ》は、厭戦詩「お百度詣《まうで》」（『太陽』一九〇五・一）で、夫の無事を祈る妻の心を「かくて御国と我夫《つま》と、いずれ重しととはれなば、ただ答へずに泣かむのみ。お百度詣咎《とが》ありや」とうたった。木下尚江《なおえ》は小説「火の柱」（『大阪毎日新聞』一九〇四・一・一～三・二〇）や「良人の自白」（『大阪毎日新聞』一九〇四・八・一五～一九〇五・六・九、断続して連載）を書き、正義・人道・博愛を基調とした作品中に、反戦運動をとりあげている。

文学者と戦争

他方、日露戦争は多くの文学者を戦場に赴《おもむ》かせた。森鷗外は第二軍の軍医部長として出征した。鷗外は戦争開始三か月後の五月八日、遼東半島の台山に上陸、二十四日大連郊外の小丘〈南山〉で戦闘に出会う。〈南山〉は戦略上重要拠点であった。戦闘は二日間続き、二十六日にようやく日本軍の手に落ちる。死者三千余名という記録があるほどの激戦であった。鷗外は苛烈な戦争を前に二つの詩を残す。長編詩

「唇の血」と「扣鈕《ぼたん》」である。「唇の詩」は、「打出す／小銃《こづつ》にまじる／機関砲／一卒進めば一卒僵《たふ》れ／隊伍進めば隊伍僵れ」にはじまる激戦の模様をうたったリアリズム詩である。「扣鈕」は、「南山の／たたかひの日に」にはじまり、戦いの中で、若き日のベルリン滞在中のロマンを想起した詩である。苛烈な戦いは、四十二歳の軍医部長に人間の命のはかなさと、戦争の空しさを教えたかのようである。

田山花袋は博文館派遣の写真班主任として、この年三月から九月まで従軍する。帰国後『第二軍従軍日記』(博文館、一九〇五・一)を、三年後「一兵卒」(『早稲田文学』一九〇八・一)を書き、戦場における死への恐怖や人間の宿命に思いを致すこととなる。

花袋の「一兵卒」と同じ年に発表された漱石の「三四郎」(『朝日新聞』一九〇八・九・一～一二・二九)では、冒頭、主人公三四郎が上京する列車内で会う爺さんに、「自分の子も戦争中兵隊にとられて、とう〳〵彼地《あつち》で死んで仕舞つた。一体戦争は何の為にするものだか解《わか》らない。後で景気でも好くなればだが、大事な子は殺される、物価《しよしき》は高くなる。こんな馬鹿気《ばかげ》たものはない」と戦争批判をさせ、また、四十男(広田先生)をして、「いくら日露戦争に勝つて、一等国になつても駄目ですね」と言わせ、三四郎の「然し是から日本も段々発展するでせう」とのことばに、「亡《ほろ》びるね」と国への不信を無下《むげ》に語らせている。

第一次世界大戦

芥川龍之介の時代のいま一つの戦争は、第一次世界大戦である。一九一四(大正三)年六月二十八日、セルビアの首都サラエボで、オーストリアの皇太子が暗殺されたことに端を発し、世界的規模の大きな戦争がヨーロッパではじまった。第一次世界大戦である。芥川龍之介が東京帝国大学文科大学在学中のことだ。日本は同盟国イギリスの要請で、八月二十三日、ドイツに宣戦布告する。

戦争で日本は陸軍をドイツ領有の中国青島《チンタオ》に、海軍の一部をドイツ統治下の南洋諸島、それに地中海方面に派遣したに過ぎなかったが、戦勝の利益は大きかった。戦争は四年半に及んだが、その間日本の経済は、大きく成長した。大戦のはじまった年と、五年目の戦争の終結した年とでは、貿易額は四倍に飛躍し、輸入超過国から一転輸出超過国となった。一九一八（大正七）年十一月、ドイツは無条件降伏し、大戦は終結した。翌年六月のヴェルサイユ条約によって講和が成立する。

第一次世界大戦中からヨーロッパの新しい思想は、日本に次々と移入されるようになる。芥川龍之介はその状況を「或阿呆の一生」（遺稿）の「一　時代」に次のように書いた。

それは或本屋の二階だつた。二十歳の彼は書棚にかけた西洋風の梯子に登り、新らしい本を探してゐた。モオパスサン、ボオドレエル、ストリンドベリイ、イブセン、シヨウ、トルストイ、…………

そのうちに日の暮は迫《せま》り出した。しかし彼は熱心に本の背文字を読みつづけた。そこに並んでゐるのは本と云ふよりも寧ろ世紀末それ自身だつた。ニイチエ、ヴェルレエン、ゴンクウル兄弟、ダスタエフスキイ、ハウプトマン、フロオベル、…………

他にもベルクソン、タゴール、チェーホフ、メーテルリンク、ロマン・ロラン、ホイットマンらの思想が迎え入れられたのであった。軍国主義、専制主義に反対する自由主義、民主主義、社会主義の思想も普及した。労働運動は言うに及ばず、米騒動も各地に生じた。

第一次世界大戦のはじまった一九一四年夏は、芥川龍之介満二十二歳、東京帝国大学文科大学英吉利文学専修に在籍していた。すでに彼は判断力のある青年であった。戦争に対する考えも前の二つの戦争時代と比べても格段の違いを示している。この年二月、第三次『新思潮』が創刊され、芥川は同人として参加する。彼は物書きとして対象を客観的に視る立場もとれるようになっていた。そうした彼には、戦争は大きな罪悪として映りはじめていたのである。

四　謀叛の精神

大逆事件

芥川龍之介は一九一〇（明治四三）年三月、東京府立第三中学校（現、東京都立両国高等学校）を卒業、同年九月、第一高等学校に入学する。当時の学制は三月に中学校を卒業、七月、高校（旧制）入試、九月入学となっていた。受験準備中の一九一

○（明治四三）年五月二十五日、世にいう大逆事件が出来《しゅったい》した。中野好夫の『蘆花徳富健次郎　第三部』（筑摩書房、一九七四・九）は、事件の輪郭を次のように巧みにまとめている。

世にいわゆる大逆事件とよばれるものの発端は、明治四十三年五月二十五日であった。

この日から翌二十六日にかけ、長野県下で労働者宮下太吉（東筑摩郡明科《あきしな》村明科製材所の職長）以下、新村善兵衛、忠雄の兄弟、そしてまた新田融という四人の青年が相次いで逮捕された。罪名は爆発物取締罰則違反という容疑であった。同じくまた東京では、これも古河力作という青年がつかまった。つづいて、これはすでに「自由思想」事件と呼ばれる新聞紙法違反事件の換金刑として入獄中であった女性、社会主義者菅野スガ子が、そのまま連累者《れんるいしゃ》として送検されるし、次いで数日後の六月一日には、突如として幸徳秋水が仕事先の神奈川県湯河原温泉で検挙されている。そしてそのころには、罪名もすでに当初の爆発物取締罰則違反というのから、「某重大事件」「不軌《ふき》の大陰謀」ということに変っており、即日直ちに記事掲載禁止の命令が、検事局から発せられた。

大逆事件は、一高入試に備え、一日「十時間内外」の勉強（山本喜誉司宛、一九一〇・四・一八）に取り組んでいた芥川龍之介には、当初関心外であったかも知れない。なにせ試験は七月である。彼は結果的には無試験検定で合格するのだが、試験入学にも備えていた。するると五月二十五日は試験前二か月を切ったということで、準備に打ち込まねばならぬ時である。芥川が大逆事件を正しく認識するのは、翌年一月の判決、続いて二月一日、第一高等学校第一大教場で開かれた弁論部主催の講演会で、徳冨蘆花の「謀叛論」に接して以後のこととしたい。

謀叛論

一高入学後、各部主催の講演会中、芥川龍之介に最も強い印象をとどめたと思われるのは、入学五か月後の一九一一（明治四四）年二月一日に行われた弁論部主催の特別講演会であったろう。この講演会は、講師に徳冨蘆花を招き、「謀叛論」の題で行われた。――いわゆる「謀叛論」演説と芥川とのかかわりのことは、わたしはこれまでしばしば言及してきた。『芥川龍之介とその時代』（筑摩書房、一九九九・三）においても、かなりのページをとって論じた。さらに「蘆花と次代の青年」（『文教大学国文』第33号、二〇〇四・三、のち『芥川龍之介　永遠の求道者』洋々社、二〇〇五・五収録）でも新資料を生かし、論じている。いずれもその趣意は、当時の一高生に与えた蘆花演説の波紋が、芥川にも及んでいたというところにあった。

芥川側に蘆花演説を聴いたという資料がないため、わたしは当初、同級生の松岡譲や久米正雄や菊池寛らの文献に注目した。が、それでも不十分と感じ、周辺人物の日記の探索・発掘に力を注いだ。探索は三十年を越えている。そして「成瀬日記」や「井川日記」、さらには森田浩一の「浩一日記」（この命名は福生市郷土資料館による）という、「謀叛論」演説に言及した一等資料に巡り合ったのである。わたしの芥川周辺の人々の資料探索は、肝心の芥川に講演会に出席したという記録がない限り芥川と蘆花演説を結びつけることはできない、芥川作品に蘆花の「謀叛論」の影響を読むという深読みは成立しない、というかたくなな実証主義者との闘いでもあった。

わたしはかなり前に「実証の現在」（『文学・語学』第一三五号、一九九二・九）という一文を書き、わたしの立場を説明した。要するに文学研究における実証とは、事実の割符合わせでも資料の単なる羅列でもないとの主張である。わたしはテクストや資料を通し、想像力をはたらかせて仮説を打ち出すことを重視する。仮説は研究の新たな地平を拓き、論者の想像力はテクストや資料によって修正され、仮説は次第に対象化されていく。また、実証とは回り道の謂《いい》であるとも説き、周辺を調べ上げる中から事実は浮かんでくるとも書いている。そこにはロラン・バルトの言う〈作者の死〉への暗黙の抵抗もあった。この頃からわたしは自分の仮説に揺るがぬものを感じ出したものである。

不敬演説

蘆花の演説は、大逆事件を扱った政府のやり方のまずさにはじまり、最終の段では、「謀叛を恐れてはならぬ。謀叛人を恐れてはならぬ。自ら謀叛人となるを恐れてはならぬ。新しいものは常に謀叛である」との結論に至るもので、政治批判とともに、古い制度や考えからの解放の必要が叫ばれていて、多くの一高生の心をとらえたのである。が、学内の保守派からは、不敬演説として非難されることになる。『向陵誌』（第一高等学校寄宿寮、一九一三・六・一六）の「自治寮略史」は、「明治四十四年二月一日、弁論部徳冨健次郎を請い来りて演説会を開けり。氏は「謀叛論」なる題の下に過般死刑に処せられし幸徳秋水等を論じ政社の処置を攻撃し遂に畏れ多くも皇室に対して不敬の言あり」と記している。

蘆花が「謀叛論」と題した演説をし、それが一高あげての騒ぎとなったというニュースは、格好の新聞種ともなった。『萬朝報《よろずちょうほう》』は二月五日、「過激なる講話／蘆花、一高生に説く」という見出しを用いて、この事件を大きく報じる。わたしはこの記事を発見した時には、胸が躍った。発見は長年執着していた松岡譲研究を通してのことで、国会図書館で該当記事を見出したのである。発行部数が当時東京の新聞中第一位で、学生新聞とまでいわれた大新聞に報道されたこともあって、蘆花事件は学内での話題をいっそう呼ぶことになる。松岡の「蘆花の演説」（『政界往来』一九五四・二）には、「賛成不賛成二派に分かれて至るところで議論の花が咲いた」とある。学内世論は二分され、さまざまな論議が交わされた。文部省は、無視することも出来ずに調査に乗り出し、校長新渡戸稲造と弁論部長畔柳《くろやなぎ》都太郎《くにたろう》が譴責《けんせき》処分を受けることになる。

文献探索の進展

わたしはこうした事態の中で、芥川龍之介一人が一高を揺るがした大事件に無関係であったとは考えられず、彼もまた蘆花の演説を主体的に受けとめ、謀叛の精神は「羅生門」をはじめとする諸作品に顕在化していくとの考えをもつようになった。芥川が直接演説を聴いたか、友人から聴いたかは別として、一高時代に「謀叛論」にふれたであろうことは、もはや疑うことができないところまで文献探索は進展している。

最も新しい「謀叛論」文献をここに示そう。なぜなら学問は日進月歩であるからだ。同期生森田浩一の日記の一九一一（明治四四）年二月三日の記事からの引用である。

八時半校庭に集合すぐ倫理講堂に飛び込む。後から〳〵来るので前の方は、一寸のすきも無くなつた。大沼さん（注、大沼浮蔵、一高の兵式体操教員）が大声で、もう少し後へ下がれとドナツタが皆きかず、前からは入れぬ様にして漸やく静まつた。さんざ待つてから校長を初め諸教員が着席、校長は演壇に上つて約一時間に渡る、社会主義反対演説をやつた。我一高生徒にして少しでもコンナ説をいだかない様にと云つて壇を下りた。十時から授業がある。だれだか、思想が混乱してゐる中は授業などはやつても駄目ですから休みにして下さいと云つた相だ。

蘆花演説が一高生全員に及ぼした影響を、端なくも伝える文献である。「思想が混乱してゐる中は授業などはやつても駄目ですから休みにして下さい」という要望が出るほど生徒たちは動揺していたのである。こうした全学的動向を伝える「浩一日記」の出現は、一高在学中の芥川龍之介が、ひとりぽつんと蘆花事件の圏外にあったと考える方が無理との推論を呼ぶ。肝心の芥川側に資料がない限り、芥川と蘆花「謀叛論」とのかかわりは考えることができないという、旧来のかたくなな実証主義者からは、新たな芥川像は期待できないと言えよう。

「謀叛論」の波紋

ここで蘆花の「謀叛論」の波紋を検討する意味からも、演説の内容をいま少しくわしく紹介しよう。この演説会を主催したのは、河上丈太郎や河合榮治郎らが所属していた弁論部である。蘆花は前年起きた幸徳秋水らの大逆事件の処理にかかわっての政府弾劾の演説を、エリート集団一高で行うことを自身の使命と感じて引き受けたのであった。

前述のように、事件は前年一九一〇（明治四三）年五月二十五日、警察が信州の宮下太吉を「爆発物取締罰則」違反の疑いで逮捕したのをきっかけに急展開する。続いて警察は天皇暗殺容疑のもと、全国の直接行動派を一斉に検挙。裁判は秘密裡に急速に行われ、翌一九一一（明治四四）年一月十八日には、二十四名に死刑宣告、翌日半数の十二名が無期懲役に減刑され、二十四、五の両日に、早くも幸徳秋水ら十二名の絞死刑執行という経緯をたどる。

中野好夫は先に紹介した本の中で、「この当時在校下級生には菊池寛、芥川龍之介、山本有三、久米正雄等々もいたはずだが、神崎（注、神崎清）によると、この講演のことは、ほとんど誰も書きのこしていぬそうである」として、素通りしている。そればかりか念を入れるかのように、「神崎が直接山本有三氏に問い合わせたところによると、蘆花など、どうせ『不如帰』等の作者として通俗作家視していたので、講演会にも出なかったとの答であったという」と書き、「なるほど、作家志望者たちにとっては、別の意味で軽く視られていたことも十分ありうる」と記している。が、これは実に大きな、間違った推論であったと言わねばならぬ。なぜか。

実際は当日の演説会場には、中野が蘆花演説との関係を否定した一九一〇（明治四三）年入学組の多くの一年生《フレッシュマン》がいたのである。文献上確認できるのは、第一部甲類の矢内原忠雄、同乙類の井川恭・菊池寛・松岡善譲（注、松岡の本名）・久米正雄・成瀬正一、石田幹之助、同丁類の三溝《さみぞ》又三、第二部乙類の西川英次郎《ひでじろう》らの顔である。

山本有三は彼らと同級生とされるものの、入学は前年の一九〇九（明治四二）年のことである。彼は岩元禎《てい》のドイツ語の試験に失敗し、土屋文明などとともに原級留まりとなっていた。そのため一九一〇年入学の一年生とは、学校行事の接し方に違いがあって当然なのである。今日の大学生でも、大学祭などの行事に一年生はよく参加するが、上級生や留年生は参加率が悪い。新鮮さがなくなるからである。

山本有三にとっても、二度目の一年生生活は、味気ないものであったに相違なく、蘆花の演説などに関心を示すこともなかったのであろう。だが、山本の意識をもって、他のフレッシュマンの意識を推察することはできない。

近年の日本の近代文学研究の進展は、当時の一高生の「謀叛論」文献を掘り起こすこととなる。すなわち芥川の上級生では、まず演説を依頼した一高弁論部の河上丈太郎に、当時を回想した「蘆花事件」（『文藝春秋』一九五一・一〇）がある。当事者の言として貴重である。中に蘆花邸で演説を依頼中、「不平を吐露するに、一高はよいところだからな」と蘆花が言い、「謀叛論」の三文字を火鉢の灰に火箸で書きつけたことを証言する一文もある。

「謀叛論」と一高生

同じく弁論部員だった河合榮治郎は、後年事件を回想し、中味にはふれずに蘆花の熱弁を、「それは驚くべき雄弁であつた。所謂雄弁家の弁ではないが、あれが本当の雄弁と云ふのであらう。私共は息つく間もない位に引きずり込まれて、唯感心してしまつた」（「近頃の感想」『日本評論』一九三七・二）と書く。中味にふれなかったのは、無論執筆当時の思想統制、発売禁止を慮ってのことである。しかし、これだけでも当時としては大変勇気のある発言だった。天皇制国家の下では、蘆花の演説「謀叛論」の正当な扱いは、至難の業であったのだ。

第二次世界大戦後、田中耕太郎（「私の履歴書」）や森戸辰男（「思想の遍歴　上」）も断片的ながら「謀叛論」に触れている。一高生ではなかったが、東京高商の学生だった浅原丈平は、もぐりで蘆花演説を聴き、戦後「「謀叛論」の回想」(『武蔵野ペン』創刊号、一九五八・六)や「「謀叛論」聴講の思出一節」(講談社版『日本現代文学全集17徳冨蘆花集』(一九六六・一)を書いている。

芥川龍之介と同学年の人々に目を転じると、菊池寛は「蘆花の近業と伊庭の芝居」(『中外日報』一九一五・一・一五)に、久米正雄は回想記「風と月と」(『サンデー毎日』一九四七・一〜三)に、蘆花の演説を聴いたとそれぞれ記していることが判明し、西川英次郎も回想の談話「芥川龍之介のこと」(森啓祐『芥川龍之介の父』桜楓社、一九七四・二収録)で、蘆花の演説を聴いたとしている。さらに前述のように松岡譲に至っては、そのものずばり「蘆花の演説」(『政界往来』一九五四・一)と題した文章を書き残していたのである。

二つの重要文献

そうした機運の中で、わたしは二つの重要文献に巡り合うことになる。

一つは『評伝成瀬正一』(日本エディタースクール出版部、一九九四・八)執筆に際して出会った成瀬の一高時代の日記(「成瀬日記」と名づけた)であり、いま一つは、『恒藤恭とその時代』(日本エディタースクール出版部、二〇〇二・五)執筆にかかわって見ることのできた、井川《いかわ》恭《きょう》の一高時代の日記「向陵記」(「井川日記」の一部)である。「成瀬日記」は先にちょっとふれたが、一高時代から東大を経てアメリカに留学するまでの記録であり、成瀬の次男成瀬不二雄が保存していた。小著『評伝成瀬正一』が縁となって、小著刊行直後、成瀬と関係が深い菊池寛を顕彰した高松市の菊池寛記念館に寄託された。現在石岡久子の手によって翻刻が進行中であることは、先にふれた。

井川恭の日記（「井川日記」と名づけた）は、恒藤《つねとう》恭の三男恒藤敏彦が長年保管し、大阪市立大学学術情報総合センター内の「恒藤記念室」に寄託された。井川恭は島根県立第一中学校時代から入念な日記をつけており、一高時代の「向陵記」（本人命名）は、大学ノート八冊にも及ぶ。

これは前述のように、二〇〇三（平成一五）年三月、大阪市立大学より『向陵記―恒藤恭一高時代の日記―』として五〇〇ページを越える大冊として刊行されている。二つの日記を見出した時には、関東大震災や第二次世界大戦中の戦火をくぐり、よくぞ残ったとの感慨にとらわれたのは無論である。ここにわたしたちは蘆花「謀叛論」の投じた強い波紋を読み取ることができるのだ。二つの日記――「向陵記」と「成瀬日記」の「謀叛論」関係記事は、この後に紹介する。

わたしは松岡譲の「蘆花の演説」を読み、はじめて当時の一高生に蘆花演説が思想的に大きな影響を与えていたのを知った。松岡譲は「その時の蘆花の姿と声とはまだ昨日の事のやうに覚えて居る。余程感銘をうけたものと見える」と言い、弁論部長畔柳《くろやなぎ》都太郎《くにたろう》（芥舟）の紹介で壇上に姿を見せた蘆花の壮漢のような姿を仰いだことから、その熱っぽい語り口を伝えている。それは当日から四十年以上もたってからの回想とは思えないほどのものので、生彩を放つ。しかもメモも日記もなしに書いたとは驚きである。それほど強い印象を与えたということなのか。

徳富蘆花は当時満四十二歳、東京府北多摩郡千歳村字粕谷（現、東京都世田谷区粕谷町）に住み、いわゆる美的百姓の生活を送っていた。当日の演説は、直前まで「演題未定」であった。聴衆の多くはトルストイの話かなんかを漠然と期待していたが、内容が大逆事件判決に対する批判なので、ひどく驚く。訥々と語る蘆花の弁舌を感銘深く回想する松岡譲の文章の一節を引用しよう。

> 蘆花は決して所謂立板に水を流す如き雄弁ではなかつた。美辞麗句を連ねる美文調の快弁でもなかつた。むしろ咄々と初めの頃は少し吃る位の素朴な話し方であつたが、やがて段々熱を帯びて来て、その巧まない真情を飾り気なく相手の胸に打つつけるやうに投げかけて来る。全身で叫ぶといつた気魄が此方に伝はつて来る。（「蘆花の演説」）

「謀叛論」の内容

蘆花の演説草稿は、現在岩波文庫（『謀叛論』）や筑摩書房『明治文学全集42　徳富《ママ》蘆花集』や講談社文芸文庫（『梅一輪／湘南雑筆（抄）』）などに収録されている。神崎清によると、現在蘆花文庫に保管されている当日の演説草稿は、「第一稿、第二稿、断片の三種類あって、書き入れと抹消が多く、推敲に苦心した跡がうかがえる」という。

いま『明治文学全集42　徳富《ママ》蘆花集』（筑摩書房、一九六六・五）収録の「謀叛論」草稿を見ると、全文は四百字詰原稿用紙にして二十三枚ほどのものである。草稿ではまず井伊掃《いいかも》部守直弼《んのかみなおすけ》と吉田松陰二人の名を出し、「今日の我等が人情の眼から見れば、松陰はもとより醇乎として醇なる志士の典型、井伊も幕末の重荷を背負つて立つた剛骨の好男児」だとし、「彼等及び無数の犠牲によつて与へられた動力は、日本を今日の位置に達せしめた」と述べる。次に幸徳秋水ら十二名の謀叛人の処刑に言及し、「彼等は乱臣賊子の名を受けてもたゞの賊ではない、志士である。たゞの賊でも死刑はいけぬ。況んや彼等は有為の志士である。自由平等の新天新地を夢み身を献げて人類の為に尽さんとする志士である。其行為は仮令《たとひ》狂に近いとも、其志は憐れむべきではないか」と訴える。

自由と解放の願い

蘆花は自分は幸徳らと立場を異にするとしながらも、「彼等十二名も殺したくはなかつた」と述べ、政府のやり方のまずさを指摘するのである。蘆花は言う。「社会主義が何が恐い？」と。続けて「世界の何処にでもある。然るに狭量にして神経質な政府は、ひどく気にさへ出して、殊に社会主義者が日露戦争に非戦論を唱ふると俄に圧迫を強くし、足尾騒動から赤旗事件となつて、官憲と社会主義者は到頭犬猿の間となつて了つた」と言い、十二名を殺すことで、数え難い無政府主義者の種子を結果的にまくことになったと断じるのである。

蘆花は「天皇陛下が大好きである」と草稿に書いている。が、陛下の近くには、「面を冒して進言する忠臣」がいないため、今日の事件を生んだとする。「忠義立して謀叛人十二名を殺した閣臣こそ真に不忠不義の臣で、不臣の罪で殺された十二名は却て死を以て吾皇室に前途を警告し奉つた真忠臣となつて了ふた」と政府攻撃の論陣を張る。「政府は断じて之が責任を負はねばならぬ」、「麻を着、灰を被つて不明を陛下に謝し、国民に謝し、死んだ十二名にも謝さなければならぬ」とまで問い詰めていく。

演説草稿は最終の段に至っていっそう高潮し、「謀叛を恐れてはならぬ。謀叛人を恐れてはならぬ。自ら謀叛人となるを恐れてはならぬ。新しいものは常に謀叛である」との結論に至る。これは当時にあっては、衝撃的内容であった。

草稿は「我々は生きねばならぬ。生きる為に常に謀叛しなければならぬ。自己に対して、また周囲に対して」と続くのである。幸徳秋水らの処刑後わずか一週間という時期に、これだけのことが語られたのは、当時の政治状況からすると奇蹟に近い。それは自由と解放の願いを託した真実の叫びであった。そこには政治批判とともに、古い制度や考えからの解放の必要が強く叫ばれていたのである。

井川恭の記録

さて、井川恭の「謀叛論」に言及した「井川日記」（「向陵記Ⅱ」明治四十四年）中の記録に筆を進めよう。井川は島根県立第一中学校時代から入念な日記を付けていた。それは病気療養中も引き続き、上京し、一高に入ってからも変わらない習慣となっていた。彼はそれを終生大事に保存して、後年ときどき取り出してはエッセーの材料にも用いることとなる。

わたしはご遺族の恒藤敏彦氏の好意で「謀叛論」関連箇所の日記を、早く一九九五（平成七）年春にコピーしていただくという幸運に恵まれている。若干の判読不可能な文字もあるので、以下に示す翻刻の責任は、わたしにあることを断っておきたい。井川恭が「向陵記」と自ら名付けている一高時代の「日記」の「二月一日」（一九一一年）に、当の関連記事が見られる。「謀叛論……徳富健次郎氏」の見出しのもと、大学ノート三枚半ものスペースをとっての記録である。分量からしても他の日の記述をしのぐ。当日は曇りであった。井川恭は畔柳都太郎《くろやなぎくにたろう》の英語の授業を終えると、急いで南寮十番で同室の三溝《さみぞ》又三を促して第一大教場に行く。以下直接「向陵記」に語らせよう。

畔柳サンがすむと急いで帰つて、三溝君を促して第一大教場にゆく。もう一杯の人だ。幸ひ石田君のとつておいた席があいてゐたので二人わりこむ。檀から三四列目でい、位置。程無く三年の河合君が立つて辞任の辞をのべる。「オーガスターケーザルは我がローマに来るやローマは煉瓦の都であつた。わがローマを去るや大理石の都であつた」といつた句を引用して簡単に降壇。ついで新委員就任の辞があつた。それがすんで壇の上空しく、誰かが上つてとほるとドツとわらひごゑがおきる。うしろを見ると一杯の人だ。「外の人でハとてもこんなに人を引きつけないね」とささやくと、「そうぢや」と三溝君がこたへる。

やがて拍手に迎へられて、蘆花氏が入つてこられる。まづ畔柳サンの紹介があつて、ついで壇に立たれる。拍手のこゑわれるやう。黒めがねをかけて、五六分にのびたかみの毛黒く、眼はぐりぐりして、かほのつやよく、やゝまばらなほゝひげ、はなひげが無造作にのびてゐる。紋付に袴で、白い羽おりの紐がめだつ。前に合せた手のたくましいのが、田園の生活を想はしめる。

「私は、四年ほど前にこゝに立つて諸君のまへで話した事があります……私は武蔵野の片隅に住んでゐるものであります。四年の間ねむつてゐました。大分永いひるねです。……所がこのごろふとさめると世間の物音が耳にはいつて、何となく癪にさはるやうな感じがするので、この心もちを外にもらしたいと思ふ中に、この学校の弁論部の委員がこられて、何かはなしてくれと、いはれるので出て来た次第であります……

一等資料

文中の石田君は同じクラスの石田幹之助である。後年の東洋史研究の権威であることは、言うまでもあるまい。河合君は府立三中で芥川の二年先輩だった河合榮治郎（のち社会思想家、東大教授）である。演説会当日の雰囲気をリアルに伝え、的確な観察眼による蘆花の風貌がとらえられている。また、なぜ蘆花が「謀叛論」演説を決意するに至ったかを語った部分も、しっかりと記されている。「四年ほど前」の一高での講演とは、「勝《かち》の哀《かなしみ》」のことである。「向陵記」のこの部分は、「謀叛論」文献中松岡譲の「蘆花の演説」と双璧をなす一等資料であることは、ここまでの引用だけでも十分理解できるところだ。そしてこれまでの「謀叛論」文献をはるかにしのぐ重さがある。

以下、現存する「謀叛論」草稿にほぼ重なる蘆花の演説内容が記録されている。蘆花が井伊《いい》掃部守《かもんのかみ》直弼《なおすけ》と吉田松陰二人の名を出して「共に志士である」と言い、幸徳秋水ら十二名の謀叛人の処刑に言及していくのを記録した文章は、当日の演説が草稿を大きく離れていなかったことも証明してくれる。

演説草稿に見られる「天皇陛下が大好きである」のことばも、「私は天皇は大好きである」と「向陵記」は記録する。草稿に比してより生々しい表現と思われる記録の箇所を一、二あげるなら、「幸徳君は死んではゐない。生きてゐるのである。武蔵野の片隅にひるねをむさぼる者をこゝに立たしめたではありませんか……」「圧制はだめである。自由をうばふのは生命をうばふのである……」という箇所をたちどころに選ぶことができる。「向陵記」は当日の蘆花の演説を入念に記録した後、「酔うたやうにきいてゐた皆は拍手をして送つた。外へ出るとあたらしい夕ぐれのしめつぽい空気がたれてゐる」という一節を置いている。「夕ぐれのしめつぽい空気」に関しては、後述する。

ところで、新資料井川恭の「向陵記」は、他の一連の「井川日記」同様、感情の起伏は少なく、事実の忠実な記録・再現に終始する。同時代の日記でも、成瀬正一の「成瀬日記」は、感情の高ぶりなどを率直に記す。性格の違いが反映していておもしろいと思う。井川恭は慎重な物静かな知的青年であり、成瀬正一は多血質の熱血漢であった。この二人は、二年生の後半の寄宿寮の入れ替えで、芥川龍之介と同じ中寮三番に入ることになる。なお、井川の一高時代の作文に「怒《いかり》」と題したものがあり、大阪市立大学恒藤記念室に保存されている。日本近代史の広川禎秀の『恒藤恭の思想史的研究』（大月書店、二〇〇四・二）によると、一人の男の怒りをテーマとしたこの虚構作文に、井川恭の蘆花演説に触発された思いが託されているという。

全校集会

井川恭の「向陵記」は、二日後の全校集会の様子も記録している。この日新渡戸校長は、全寮生一千名を第一大教場（講堂）に集めて、経過を説明した。「向陵記Ⅱ」の二月三日の記録には、「問題ハ一昨日の徳冨氏の演説についてである」と記し、続けて新渡戸校長の講話を感想抜きで記録している。この場合も「日記」にさえ感想を書くことがためらわれたからである。当時、日記は寮生によって盗み読みされる危険性が絶えずあったことによる。

校長は「（蘆花）氏のされた言論についてハ責任はないが、氏を招いたのは全く我輩一人の責任である。我輩は客を招いておいて、あとで陰口をいふのハ潔《いさぎよ》しとせぬ所である。自分ハ氏の言論についての批評はこゝろみない。たゞ学校のこれに対する態度を明らかにしておきたい」と言い、「客が家風に合はぬ話をされたとき、家長たるものハ、わが子の為に誤解のないやうにさとさねばならぬ」と語ったと続く。「向陵記」はこれ以上のことは記さない。繰り返すが井川の「日記」は、日々の出来事の忠実な記録であって、感想・批評・批判などはほとんどない。観察者の態度に徹しているからなのである。

同じことを記録した「成瀬日記」には、この日の集会と新渡戸校長を、「私が一年の時、徳冨蘆花氏の話しの後で校長が吾々生徒を講堂に集め、赤色の地に白く橄欖と柏葉及白線二条を縫いとつてある一高の護国旗をかざして、自分は教授服を着て蘆花氏の説について誤解なき様さとされ、涙を流してかくの如くなつたのを嘆かれた時には、私は良校長、吾々一高生としての校長たるべき人と思つた」（一九一二・七・一九）ととらえる。また、この四日後の「成瀬日記」には、「幸徳は志士と云ふのもよい、また、大逆と云ふのもよい。然し幸徳の心は幸徳ならでは解るまい。私は幸徳に同情する。彼の心はよかつた。然し不幸にして多くの非幸徳者の悪む所となり、少数の人の幸福の為に犠牲になつたのだ。法律なんかと云ふ妙な道具の為に」（一九一二・七・二三）という率直な見解を書きつけている。

人間の生き方を問う

蘆花の演説は、直接的には桂太郎内閣の弾劾だったが、その切実な叫びは普遍化されて、人間の生き方を問う問題へと昇華していく。それが若き成瀬正一や松岡譲の心を揺るがすものがあったのである。もっとも同じ講演を聴いていても、年齢の少し上だった菊池寛の対応は違っていた。菊池は蘆花の演説に接し、「義憤を感ずるよりもその芝居気が嫌であった」「不快な印象を与へた」（「蘆花の近業と伊庭の芝居」『中外日報』一九一五・一・一五）との印象をもったことを書き残している。井川恭は蘆花の講演内容を誠実に大学ノート三枚半に、びっしり書き残した。だが、それに対しての自身のコメントはない。しかし、ノートの最後に蘆花のことば、「吾人が世界の弁論の判庭に立つとき、即ち上帝の判庭に立つ時、吾人は動機によつてさばかれるのであります。即ちわれ〳〵は人格を磨かねばなりません……」を引いた後、「外へ出ると夕ぐれのしめつぽい空気がたれてゐる」という印象的な一文を残していることに注目したい。ここは自然に託して日本の未来が容易ではないことを語っているかのようだ。確かに当時の日本の現状、天皇制国家の下での人々への圧制は、〈冬の時代〉と総括されるほどのものがあり、「しめつぽい空気」そのものであったのである。

さて、ここで蘆花の演説「謀叛論」を、芥川龍之介も聴いていたのではないかという課題が再浮上する。また、たとえ当日会場にいなくとも、二日後の全校集会で新渡戸稲造校長の悲痛な講話を聴き、友人から情報を得る。さらに事件を報じた『萬朝報』紙にも接することで講演の大略を知り、その思想形成過程に他の仲間同様の強い影響を受けたのではないかとの想定だ。

芥川も会場にいたか

蘆花の演説「謀叛論」は、大逆事件を扱った時の政府のやり方を、皇室にマイナスを与えるものだと一貫して論じたものであった。

蘆花は草稿にも見られるように、「天皇陛下は大好きである」と叫びつつ、政府の事件に対する処置のまずさを糾弾した。二年後に出る『向陵誌』（第一高等学校寄宿寮、一九一三・六・

一六）の「弁論部部史」には、矢内原忠雄が「ヤスナヤポリヤナより帰つて飛ばず鳴かず粕谷に田園生活をなせる徳富《ママ》健次郎先生は此日五つ紋の羽織を着し豊頬黒髯真摯の風貌を壇上にあらはし「謀叛論」と題して水も洩らさぬ大演説をなし窓にすがり壇上弁士の後方にまで踞坐《きよざ》せる満場の聴衆をして咳嗽《せき》一つ発せしめず、演説終りて数秒始めて迅雷の如き拍手第一大教場の薄暗を破りぬ。吾人未だ嘗て斯の如き雄弁を聞かず」と書き留めている。この文章は、蘆花の風貌と演説会のようすを短いことばで活写したものと言える。

一方、同じ『向陵誌』の「自治寮略史」は、先にも引用したところだが、「明治四十四年二月一日、弁論部徳冨健次郎を請ひ来りて演説会を開けり。氏は「謀叛論」なる題の下に過般死刑に処せられし幸徳秋水等を論じ政社の処置を攻撃し遂に畏れ多くも皇室に対して不敬の言あり」と記している。すると、学内世論は二分されていたことになろうか。松岡が「其頃は特に非常に保守的なあの学校の事だから、所謂国士的の連中も多く、それらはこの演説に後で反対の態度をとった」と言うように、蘆花の演説は不敬演説として非難された。それは前述のように、校長新渡戸稲造と弁論部長畔柳都太郎とが譴責処分を受けるという事態にまで発展するのであった。

わたしはこの演説会に、若き芥川龍之介も足を運んだ、また、たとえ会場にいなくとも、井川恭や石田幹之助らからの情報、『萬朝報』紙の報道、全学集会などから蘆花の問題提起を知り、なんらかの影響を受け、それが以後の生活や、初期作品群にまで影響を与えたのではないかとの考えを、早くから抱いていた。そこで蘆花の「謀叛論」演説が作家出発時の芥川龍之介の創作にも影響を及ぼしているとの仮説をたてて、その実証のために周辺の人々を研究し、文献調査に時間を用いた。その一端は『芥川龍之介　実像と虚像』(洋々社、一九八八・一一)や『評伝松岡譲』(小沢書店、一九九一・一)、それに『評伝成瀬正一』(日本エディタースクール出版部、一九九四・八)、さらには『芥川龍之介とその時代』(筑摩書房、一九九九・三)、『芥川龍之介　永遠の求道者』(洋々社、二〇〇五・五)などに反映しているはずである。

若き芥川龍之介が井川恭や松岡譲や成瀬正一同様、蘆花の演説を聴き、その思想形成に何らかの影響を受けたのではないかとの想定は、近年芥川研究者に共有されるようになった。松澤信祐『新時代の芥川龍之介』(洋々社、一九九九・一一)、佐藤嗣男『芥川龍之介　その文学の、地下水を探る』(おうふう、二〇〇一・三)は、その収穫である。

わたしは蘆花の提起した謀叛の精神、その真剣な問題提起は、間違いなく芥川龍之介の精神にも響いていたとしたい。芥川を「謀叛論」とのかかわりで考えることは、芥川研究史の再編にもつながるのである。

冬の時代

当時の一高生が蘆花の演説を主体的に受けとめずにはいられなかった状況は、いくつもの関連資料が語っている。それにしても厖大な芥川新資料が出現しても、なぜ芥川自身に「謀叛論」関係文献が見出せないのか。筆まめな彼が、なぜこの事件を書き残していないのか。わたしはその一つの要因に、〈冬の時代〉をあげたい。菊池寛のような否定的見解ならば活字にできたが、「謀叛論」を是とするような論文や感想は、発表できなかったという事情を考慮しなくてはならないのだ。正面切っての「謀叛論」肯定論など、書ける状況にはなかったのである。松岡の「蘆花の演説」（『政界往来』一九五四・一）にしても、蘆花を一高に招いた弁論部員の河上丈太郎の「蘆花事件」（『文藝春秋』一九五一・一〇）にしても、それが発表できたのは、言論の自由が保証されるようになった第二次世界大戦後のことなのである。そして成瀬正一の「謀叛論」への共感の記録は、「日記」という他者の目にふれない舞台においてであった。

河上丈太郎は、一九三六（昭和一一）年十月二十五日、明治生命講堂で行われた「徳冨蘆花十周年忌記念講演会（主催、蘆花会）で「蘆花と社会思想」の題で講演を行い、「謀叛論」の演説を高く評価した。が、『徳冨蘆花十周年忌記念講演集』には、遺憾ながら収録されていない。この講演集の「編集者のことば」（無署名）には、「河上丈太郎氏の『徳冨蘆花の社会思想』が今日の時局柄掲載不可能となつたことはまことに遺憾至極である」とある。その骨子が公表されるのは、第二次世界大戦後のことである。

蘆花の「謀叛論」演説は、あまたの障害を乗り越え、次代の青年の精神形成に深くかかわっていく。それは彼ら若き世代の共通課題としての謀叛の精神であった。芥川とて例外ではない。一九一〇年代に生きた知的青年の思想形成過程は、いまや「謀叛論」を抜きにしては語れない。

君看雙眼色

第Ⅱ章／友情

不語似無愁

一高時代の芥川龍之介（左）と井川恭

一　田端転居

芥川龍之介の初期作品「羅生門」は、東京府下北豊島郡滝野川町字田端四三五番地（現、東京都北区田端一―二〇）の家で書かれた。芥川龍之介の多くの作品は、終《つい》の棲家《すみか》となった田端の家で生まれたのである。彼は一高時代は新宿に、横須賀の海軍機関学校勤務時代は、鎌倉や横須賀に住んだ。が、生涯の大半は、成育の地の本所区小泉町十五番地（現、墨田区両国三―二二―一一）と大学時代に転居した田端の地で過ごしたことになる。

水害の地、本所小泉町

芥川家の田端転居は、一九一四（大正三）年十月末のことである。それまでの東京府下豊多摩郡内藤新宿二丁目七十一番地の家は、仮住まいだった。芥川家は、水害などの災害に巻き込まれることの多い本所区小泉町からの脱出を考え、とりあえず新宿で牧場を営む龍之介の実父、新原敏三《にいはらとしぞう》の所有の空き家に引っ越していたのである。本所区小泉町は大川に近く、それまでしばしば水害に見舞われた。特に一九一〇（明治四三）年八月の水害はひどく、養父芥川道章《どうしょう》に先祖代々の地を脱出する決意を固めさせるものがあった。

芥川龍之介に「水の三日」（『学友会雑誌』第16号、一九一〇・一一・二五）という文章がある。一九一〇年の本所水害にかかわるものだ。この年八月九日から三日間の大雨で、府立三中は近くの住民の避難所となった。「水の三日」が載った府立三中の『学友会雑誌』第16号の六号記事には、「八月九日以来大雨寸断なく、十一日に及びて学校付近一挙浸水の不幸を見るに至りしが、十二日午後七時三十分の頃俄然増水を来し九時前後に於て門衛及び小使室は遂に床上を浸さるるに至れり」とある。

芥川龍之介は、この年三月、東京府立第三中学校（略称、府立三中、または三中）を卒業し、無試験検定（推薦）で第一高等学校（略称、一高）への入学も決まっていた。府立三中では、三月に卒業した生徒にも動員をかけ、避難者の救済に当たった。今でいうボランティアである。龍之介も加わって罹災民救助のため働いた記録が、この「水の三日」である。将来に明るい展望を見出していた彼は、学校からの要請に積極的に応じ、救援活動に加わった。仲間と通信部を開設し、手紙の書けない人のために代筆をしたという記事は、彼らならではのものである。六百枚のはがきが費やされたという。

校舎二階の五年甲組の教室に狂女がいて、じっとバケツの水を見つめていたとかいうような、芥川好みのエピソードも書き込まれている。救援活動は、「多大の満足と多少の疲労」を感じて終えたと彼は書いている。

豊かな芥川家

義父芥川道章は計画性があり、貯蓄もそれなりにあった。これまで芥川家は、恩給暮らしの貧しい家のように考えられていた。それは虚構作品である「大導寺信輔の半生」（『中央公論』一九二五・一）の記述を、あたかも事実であったかのように受け止めるという伝記研究の貧しさから来たのである。「大導寺信輔の半生」の「三　貧困」と題された章の冒頭には、「信輔の家庭は貧しかつた。尤も彼等の貧困は棟割長屋に雑居する下流階級の貧困ではなかつた。が、体裁を繕ふ為により苦痛を受けなければならぬ中流下層階級の貧困だつた。退職官吏だつた、彼の父は多少の貯金の利子を除けば、一年に五百円の恩給に女中とも家族五人の口を餬《こ》して行かなければならなかつた。その為には勿論節倹を加へなければならなかつた」とある。この記述はたとえ心情的には受け入れられても、実際の芥川家の家計とは大分異なる。

このことは一高時代の芥川の親友、恒藤恭《つねとうきょう》が早く指摘していたことでもあった。恒藤恭は「青年芥川の面影」（吉田精一編『近代文学鑑賞講座11　芥川龍之介』角川書店、一九五八・六収録）で、次のように書いている。

芥川が大正十三年十二月に執筆して、中央公論の大正十四年一月号に発表した『大導寺信輔の半生』は、芥川に関する研究や評論のなかでたびたび引き合いに出される作品であるが、その際あたかもこの作品は多分に「芥川竜《ママ》之介の半生」を物語っているかのように取りあつかわれがちのようである。そして、貧困な中流下層階級の家にうまれ、封建的色彩の濃厚な、じめじめと陰暗な家庭のうちに成長した大導寺信輔の生《お》い立ちについての叙述をよりどころとして、芥川の幼少年時代がどのようなものであったかを推測し、すでにこの時代の彼の生活において、最後の自殺にいたるまでの全生涯のありかたをいわば宿命的に制約する決定的要因がかたちづくられたというように論ぜられているのを見受ける。私はかような考えかたをそのまま肯定することができない。

高額の所得納税者

庄司達也の最近の調査から成った「芥川龍之介と養父道章―所謂「自伝的作品の読解のために㈠」」(『東京成徳大学人文学部研究紀要』第14号、二〇〇七・三)、および「養父、道章・「中流・下層」という虚と実――「芥川龍之介と二人の父、二つの家」論のために」(『國文學』臨時増刊、二〇〇八・二)によると、養父芥川道章はなかなかの金満家であり、決して貧しい退職官吏などではない。東京府役所を辞めてからは、東《あずま》銀行に勤め、代議士選挙にもかかわる高額の所得納税者姓名録にも名を連ねている。彼は決して貧乏人などではなかった。しかも、庄司の調査によれば、京橋区銀座一丁目にあった東銀行の一九〇五(明治三八)年の時点での仕事は、『東京横浜/銀行会社職員録』を見ると、「出納係」として名が出ているという。すると、経理に詳しかったこともうかがえる。彼は有能な金融マンであったのだ。それゆえ退職後の蓄えも十分で、金のかかる篆刻や盆栽はじめ、いくつもの趣味に興じるゆとりもあったのである。

「父には一中節、囲碁、盆栽、俳句などの道楽がありますが、いづれもものになつてゐさうもありません」とは、龍之介の言（「文学好きの家庭から」『文章倶楽部』一九一八・一）である。
また、恒藤恭は『旧友芥川龍之介』（朝日新聞社、一九四九・八）で、「道章氏はいかにも江戸の通人らしい趣のある、ゆつたりした人であつた」と回想している。経済的ゆとりが趣味人の「江戸の通人」を思わせる人格を形成していたのだ。それだけに水害などに脅かされない土地で、静かな余生を送りたかったのであろう。

道章は新宿移転当初から家探しを慎重にはじめていた。一九一三（大正二）年十月十七日付井川恭宛芥川書簡に家探しの事が出てくる。以下のようだ。

> 牛込の家はあの翌日外から大体みに行つた　場所は非常にいゝんだがうちが古いのとあの途中の急な阪《ママ》とでおやぢは二の足をふんだ　所へ大塚の方から地所とうちがあるのをしらせてくれた人があるそのうちの方は去年建てたと云ふ新しいので恐しい凝り方をした普請（天井なんぞは神代杉でね）なんだが狭いので落第（割合に価は安いんだが）地所は貸地だが高燥なのと静なのと地代が安いのとで八割方及第した　多分二百坪ばかり借りてうちを建てる事になるだらうと思ふ　大塚の豊島岡御陵墓のうしろにあたる所で狩野《ママ》治五郎の塾に近い　緩慢な坂が一つあるだけで電車へ五町と云ふのがとしよりには誘惑なのだらう　本郷迄電車で二十分だからそんなに便利も悪くない

二　家の新築

家探しはいつの時代でも難しい。芥川道章は慎重に土地選びをし、最終的に東京府下北豊島郡滝野川町字田端四三五番地の土地約二百坪を購入するのは、一九一三（大正二）年の末のことであった。

田端という地

当時田端の地は、東京府管内の区に編入されず、府下と呼ばれていた時代である。田端は江戸時代は上野寛永寺の寺領であり、維新後の一八八八（明治二一）年四月一日に田端・中里・上中里・西ケ原・滝野川の五村合併で出来た滝野川村に属した。当時の田端の戸数は一四五、人口は八四八人であった。田端駅の開業は一八九六（明治二九）年四月一日である。当時は農地が広がり、南に谷田川（藍染川）の清流が流れていた。現在の田端駅前（北口）通りは、切通しとなっているが、当時はまだなく、辺りは一面の韮畑《にらばたけ》であった。切通しの開通は、芥川没後の一九三三（昭和八）年である。

田端という地は、台地と窪地とから構成されている。今も東台通りとか西台通りとか八幡坂とかいう地名があり、坂の多い町である。台地は耕され、芥川家がここに家を建てる頃は、まだ韮畑《にらばたけ》がうち続いていた。その後新築ラッシュが続き、韮畑は住宅と化すが、道章が土地を購入し、家を建てた後も韮畑は各所に残っていた。韮《にら》は東南アジア原産とされるユリ科の多年草である。扁平の独特な葉を持ち、特有の強い香りがある。龍之介の井川恭宛書簡（一九一六・二・一五付）に、「田端にてうたへる」と詞書きした韮畑連作六首があるので紹介しよう。なにか韮の香りが漂ってくるかのようなうたである。

なげきつゝわがゆく夜半の韮畑廿日の月のしづまんとす見ゆ
韮畑韮のにほひの夜をこめてかよふなげきをわれもするかな
シグナルの灯は遠けれど韮畑駅夫めきつもわがひとりゆく
ぬばたまの夜空の下に韮畑廿日の月を仰ぎぞわがする
ぬばたまのどろばう猫は韮の香にむせびむせびて啼けり夜すがら
韮畑韮をふみゆく黒猫のあのととばかりきゆるなげきか

三角地所

芥川道章は本所小泉町の毎年のような水害に懲《こ》りていたので、この高台の台地、韮畑のうち続く田端の地に家を新築することを決めたのである。近藤富枝の『文壇資料　田端文士村』（講談社、一九七五・九）によると、道章が田端に土地を決めたのは、芥川家の一中節の師匠、宇治紫山の相弟子だった宮崎直次郎（天然自笑軒店主）の斡旋があり、東京市の役人だった田中寅雄という人から購入したという。天然自笑軒（普通ちぢめて自笑軒と呼ばれた）は同じ田端の三四三番地に、四〇〇坪の土地を購入して営業していた。芥川家は「約二百坪弱の三角地所」（芥川瑠璃子『双影　芥川龍之介と夫比呂志』新潮社、一九八四・二）を得、家を新築したのである。右の近藤富枝の本では、「三七〇坪の三角形の地所」とある。が、残っている住宅間取図や実際に現地を歩いて目測したところでも、芥川瑠璃子のいう「二百坪弱」が正しいように思われる。

三角形の規格はずれの土地ゆえ、安かったのかも知れない。道章は経理に長《た》けていたからこの変形の地所が買い得であることを察知していたのであろう。建築は年明けにも始まっている。設計の一階部分は、道章が家族の意見を聞いて自ら行い、二階は龍之介が一高時代親しかった井川恭《いかわきょう》（のちの恒藤恭）と二人して考えた。龍之介の井川恭宛書簡（一九一四・八・三〇付）に、「田端のうちは十月はじめに引こせる程度に出来た　二階の設計は君と二人で考へたのと大体同じだ　図の如し」と挿絵を添えた便りを出している。この便りには、さらに「炬燵もきつた　今年の冬やすみに東京でお正月をするとい丶　今度は今よりひろいから君がゐるのにも万事に大分便利だ　二階が二間あるから一間づ丶二人でゐる事が出来る」と続く。芥川家が貧しかったとは、このような家造りをしていることからしてもとうてい考えられない。養父道章は、二階二間を龍之介にあてがうことにし、かなりの金を新築家屋に注ぎ込んだのである。

広い家

芥川瑠璃子の『双影　芥川龍之介と夫比呂志』には、田端の家のことが次のように回想されている。

後年になって判ったことだが、田端の家は、約二百坪弱の三角地所に在った。門は辰巳の方角で吉相だったそうだが、三角地所は凶相であり、二つある厠のうちの一つは裏鬼門にあたるのだと叔母（龍之介の妻芥川文《ふみ》）にきかされたことがある。玄関も二つあって、門の近くにある内玄関は主に家族とか内輪の人たちが出入りしていた。格子戸の上に時折、龍之介の書いた「忙中謝客」の札が掛っていた。お客様用の表玄関は門から向って左奥の斜めにあり、内玄関は上ると板敷きだったが、表玄関の方は畳敷きになっていた。表玄関の左奥は二間続きの、四畳半と十二畳の間が唐紙で区切られ、大抵お客様用となっている。家族の食事をしたり雑談をしたりする部屋は内玄関の右奥、やはり二間続きになっていて、八畳の居間には仏壇が嵌《は》め込みになっており、小庭に面した障子張りの丸窓の傍らに長火鉢が置かれていた。

芥川家では、一九二四（大正一三）年末、南東の庭に書斎を新築した。右の回想はそれをも含んでいるようであるが、とにかく当初から広い家であったことは確かである。芥川家の田端転居は、前述のように一九一四（大正三）年十月末のことである。この年十一月三十日付で井川恭に宛てた便りがある。それは「引越して一月ばかりは何やかやで大分忙しかつた　此頃やつと壁もかはいたし植木屋も手をひいたので少し自分のうちらしいおちついた気になつたがまだしみじみした気になれないでこまる」ではじまる。誰しも新居の家は落ち着かないものである。続けて「学校へは少し近くなつた　その上前より余程閑静だ　唯高い所なので風あてが少しひどい　其代り夕かたは二階へ上ると靄《もや》の中に駒込台の燈火が一つづゝともるのがみえる」と龍之介は書いている。

後年恒藤恭は、芥川家の田端の新居について、「まえの新宿の家にくらべると、田端の新居はより大きい構えであり、家の造りもはるかに念入りであった。とりわけ芥川の起臥《きが》した二階の二つの部屋は、以前の家の二階の部屋にくらべてよほど快適であり、落着きがあった。蔵書の数は急に増加しはじめ、主人公は身辺の調度や装飾物に凝《こ》るようになった」（「青年芥川の面影」『近代文学鑑賞講座11　芥川龍之介』角川書店、一九五八・六）と回想する。

大震災に耐えた家

道章は彼の人生最後の家になると思われる田端の家を、しっかり築こうとしたかのようである。土台を頑丈に据え、二階屋を建築した。後年の関東大震災にも耐えた家である。震災時には「被害は屋瓦の墜ちたると石燈籠《いしどうろう》の倒れたるとのみ」（「大震前後」『女性』一九二三・一〇、のち『百艸』収録の際、「大震日録」と改題）と芥川自身書きつけたように、マグニチュード七・九〜八・二という大きな揺れにも耐えることになる。田端の高台は地盤が堅いことも幸いした。道章は凝り性のところがあったから、庭の造作にも植木屋を入れるなどし、金を投じたらしい。右の龍之介書簡では、さらに続けて「地所が三角なので家をたてた周囲に少し明き地が出来た　これから其処に野菜をつくらうと云ふ計画があるがうまく行くかどうかわからない　庭には椎の木が多い　楓や銀杏も少しはある」と書いている。「野菜をつくらうと云ふ計画」の主語は、おそらく父道章であろう。龍之介は動植物の知識を豊かに持っていたものの、野菜を作るまでの趣味はなかった。庭木については、右の芥川瑠璃子『双影　芥川龍之介と夫比呂志』が、詳しく書き留めている。これも引用しよう。

庭木の類は沢山あって、みごとな青桐は客間から眺めると軒より高かった。椎の木、また桜もあったらしいが、花を見たという記憶はない。裏庭に枇杷《びわ》の木があって、季節ごとに沢山の実をつけた。「枇杷の木があると病人の絶え間がない」と文からきいたことがあるが、伐られもしないでそのままだった。枇杷の木の植っている裏手は、鋳金家香取秀真《かとりほつま》氏のお宅で生け垣で区切られ、時々金属を叩く音が聞えてきた。芥川の家には香取先生の作品、鉄製の灰皿とか花活けとか大分あったのではなかろうか。龍之介愛用のステッキの握りは鳥の頭の形をした高雅な感じのものだが、これは秀真先生の御令息正彦氏の作と叔母文から聞いた。

裏の湿地に、小指の先ほどの千匹蛙が沢山いて、子供の頃遊びにゆくと空き罐を貰って、私と弟は面白くてたまらず、摑《つかま》えた蛙の数を競い合ってはよろこんだ。私の家の近くでは考えられない子供の遊びが沢山あった。庭に八ッ手もやたらに多くて、白い花房をみつけるとこっそり摘んで、よくお手玉のひとり遊びをした。

こうした回想を読むにつけ、田端の芥川家がどんなに土地が広く、自然に恵まれていたかがわかるというものである。道章は当時韮畑のうち続く新開地ながら、交通の便もよかった田端に目をとめたのだ。交通の便がいいと書いたが、省線（現、JR）の山手線田端駅（現、南口）から坂を上って三、四分といったところで、当時あった市電では、「動坂」が一番近い。道章はそこに二階建ての大きな家を新築し、庭に木々を植えたのである。そう、繰り返すが道章は決して貧しくはなかった。有数の資産家だったのである。だからこそ可能となったのである。

転居の喜び

芥川家の人々にとって、そして龍之介自身にも、田端転居の喜びは大きかった。龍之介は、田端の急坂を下り、停車場（現、南口）へ行き、電車に乗り、上野で降りて本郷の大学へ通った。先の井川恭宛龍之介書簡には、「歩いても大学迄四十分位でゆかれるさうだ　之はまだある「ゐ」た事がないんだから確には云へない　僕は山の手線で上野へ行つてそれから観月橋を渡つて岩崎の横を本郷台へ上る。不忍池のまはりは博覧会の建物ののこりが立つてゐて甚汚い　其中に敗荷が風に鳴つてゐるのが気の毒な気がする」とある。「敗荷」とは、枯れて吹きやぶられた蓮の葉を言う。

転居通知は道章と龍之介の連名で関係者に出されている。現全集には、府立三中の後輩浅野三千三と井川恭宛のものが収録されている。浅野三千三宛のものを掲げておこう。

拝啓今般左記に転居致候間御通知申上候　敬具

田端停車場上白梅園向ふ横町　北豊島郡滝野川町字田端四百三十五番地

大正三年十月　芥川道章

芥川龍之介

井川恭宛のものもほぼ同文で、終わりに「銀杏落葉桜落葉や居を移す」の句が添えられている。なお、芥川には「東京田端」という文章（初出未詳、『百艸』新潮社、一九二四・九収録）があり、田端に住む文人の家々が次のように活写されている。

時雨に濡れた木木の梢。時雨に光つてゐる家家の屋根。犬は炭俵を積んだ上に眠り、鶏は一籠に何羽もぢつとしてゐる。

庭木に烏瓜《からすうり》の下つたのは鋳金師《いもじ》香取秀真《かとりほづま》の家。

竹の葉の垣に垂れたのは、画家小杉未醒《こすぎみせい》の家。

門内に広い芝生のあるのは、長者鹿島龍蔵《かじまたつぞう》の家。

ぬかるみの路を前にしたのは、俳人瀧井折柴《たきゐせつさい》の家。

踏石に小笹をあしらつたのは、詩人室生犀星《むろふさいせい》の家。

椎の木や銀杏《いてふ》の中にあるのは、――夕ぐれ燈籠に火のともるのは、茶屋天然自笑軒《てんねんじせうけん》。

時雨の庭を塞《ふさ》いだ障子。時雨の寒さを避ける火鉢。わたしは紫檀《したん》の机の前に、一本八銭の葉巻を啣《くは》へながら一游亭《いちいうてい》の鶏の画を眺めてゐる。

田端は近藤富枝の『文壇資料　田端文士村』（講談社、一九七五・九）にくわしく描かれているように、文士や芸術家が集まった区画として発展する。上野の東京美術学校にも近いこともあって、画家や陶芸家、それに作家が多く住んだ。やがてそうした芸術家の集まりである道閑会《どうかんかい》という親睦団体も、ここに生まれる。その「王様の位置」（近藤富枝）に座るのが、芥川龍之介であった。

三　友との交わり

田端移住前後から、彼には若き日のよき友情が育ちつつあった。そのうちの何人かに光を当てよう。後年の同人誌『新思潮』の仲間ははずしておく。彼らのことは、第V章でふれることにしたい。

井川恭

さて、これまでしばしば名を出してきた若き日の芥川龍之介の親友、井川恭（恒藤恭）は、島根県松江市の出身である。一八八八（明治二一）年十二月三日の生まれなので、芥川より三年三か月ほど年上であった。一九〇六（明治三九）年三月、島根県立第一中学校を卒業するが、消化不良の病気のため療養生活を送る。四年後の一九一〇(明治四三)年春上京、都《みやこ》新聞社記者見習いをしている時に、たまたま『官報』で第一高等学校の志願者募集を知り、二週間の勉強で難関の入試に合格する。第一部乙類英文学志望コースである。彼はその体験を「二週間の勉強で一高の入学試験を通過した僕の経験」(『中学世界』臨時増刊、一九一〇・九)に書いている。

中学卒業目前に襲った病気は、井川恭には試練であった。右の体験記によると、同級生はやれ高商の、一高の、医専のと騒いでいるのを横目にして、健康を第一とする生活をしなければならなかった。彼は「残つた身の腑甲斐無さ! 内心少々穏《おだや》かならず」というところまで追い込まれていたのである。他方、中学時代から彼は俳句や短歌の投稿をはじめていた。療養生活中には、『ハガキ文学』『萬朝報《よろずちょうほう》』『松陽新報』などに短歌や詩や小説や随筆を発表し、『都新聞』の懸賞小説に応募した小説「海の花」が一等当選し、三五〇円という当時にあっては大金を獲得するなど、その文学歴には輝かしいものがあった。が、彼は一高入学後誰にもそのことを語っていない。

井川恭と郡虎彦

大金を手にした彼は、神戸衛生院に入院し、病を癒す。この病院はプロテスタント教会の一派、セブンスデー・アドベンチストの経営する医事伝道機関であった。菜食料理とマッサージ療法とで体質を改善し、健康を取り戻す方法をとっていた。井川恭の入院は、一九〇八(明治四一)年秋のことである。ここで彼は、二年後に『白樺』最年少同人としてさっそうと文壇に登場する郡虎彦《こおりとらひこ》こと、萱野二十一と出会っている。虎彦は一八九〇(明治二三)年六月二十八日の生まれなので、井川恭の二つ年下ということになる。若き郡虎彦と井川恭との出会いはきわめて興味深い。詳しくは小著『恒藤恭とその時代』(日本エディタースクール出版部、二〇〇二・五)を参照して欲しい。

井川恭が第一高等学校に入学した頃、郡虎彦は『白樺』の新進作家として文壇に登場する。雑誌『太陽』の懸賞小説に「松山一家」が入選(一九一〇・一一)し、はやくも文名をあげるのであった。

郡虎彦は一九一三(大正二)八月に渡欧するまでに、小説・戯曲・詩・翻訳合わせて三十数編の作品を発表している。井川は「鉄輪」(『スバル』一九一一・二)や「タマルの死」(『白樺』一九一一・九)や「道成寺」(『三田文学』一九一二・四)などを読み、すっかり感心する。どれもがそれまでの日本文学につきまとう泥臭さがなく、垢抜けしていたからである。

郡虎彦はやがて日本を去り、ヨーロッパへ行く。そして英語で書いた戯曲「鉄輪」や「義朝記」がロンドンで上演されたものの、三十四歳の若さで療養先のスイスの山荘で病没する。あとでふれるが、井川恭が一高卒業を前にして、文学志望から法科へと方向転換するのは、これまでは親友の芥川龍之介の存在が大きいとされてきた。井川自身の回想にも、「非凡な彼(注、芥川)の文学的能力に接触したことから私自身の能力の限界を知り、文学への志を放棄して、大正二年に一高を卒業した後、方向を転じて京都大学の法科に入学した」(「わが青春時代の生活」『読売新聞』一九六一・一・五)とある。これから述べるように、確かに芥川龍之介の存在が、井川恭の方向転換にかかわったことは否定しがたい。しかし、わたしは芥川の影響とともに、神戸衛生院で出会った郡虎彦の二、三年後の活躍が影を宿していたと考えるのである。

自治寮

さて、井川恭は一高に入学すると、自治寮に入る。南寮十番である。一高では新入生は部類を越えて同じ部屋に配置された。各科ごとの寮編成は、二年生からであった。一室十二名、幸い同室だった森田浩一(第二部甲類、理科)の「浩一日記」(東京福生市郷土資料室蔵)が同室者全員の名を記しているので確認はたやすい。井川恭は森田のほか、第一部甲類の矢内原忠雄(のち経済学者、東大総長)や第三部英の都築正男(のち日本赤十字社中央病院長)と一緒だった。井川は南寮十番を拠点に、『南寮タイムス』という小さな新聞を刊行している。

南寮時代の井川恭は、正直で純粋な森田浩一と親しかった。二人を結びつけたのは、水彩画である。森田浩一は一八九一(明治二四)年十二月十日の生まれ。東京多摩の熊川村(現、福生《ふっさ》市)の出身である。東京府立第二中学校(現、東京都立立川高等学校)を経て、一九一〇(明治四三)年の一高入試に合格、南寮十番に入った。中学時代から音楽や絵画に関心を示し、一高入学後は、大下藤次郎の日本水彩画研究所に通っている。キリスト教への関心も高かった。東大では植物生理学を専攻、卒業後アメリカ留学し、ジョンズ・ホプキンス大学で研究中、急性肺炎で二十八歳の若さで死亡する。井川恭と森田浩一を結びつけたのは、キリスト教と水彩画である。郊外のスケッチには、しばしば行動を共にした。「浩一日記」によれば、一九一一（明治四四）年十一月二日から五日まで、浩一の故郷熊川村（現、福生《ふっさ》市）に二人して出かけ、多摩川河畔などで写生をしている。

井川恭は、学業のすぐれた学生であった。学期末試験の成績は、たいてい一番である。なにせ四年間のブランクの後の入学なので、勉学の意欲に燃えていたから、中学校からストレートで入学した連中より気構えが違っていた。そうかといってガリ勉ではない。右に見たように、森田浩一と、さらには長崎太郎らの友人と郊外にスケッチに行くこともしばしばで、教会にも出席していた。

二年に進級すると、寮生活は第一部乙類で入学した者がまとまることになり、井川恭は中寮三番に入る。同室の仲間は、成瀬正一・藤岡蔵六・長崎太郎・八木實道・鈴木智一郎・石田幹之助・黒田照清・五十嵐小太郎、そして芥川龍之介らである。一高は全寮制を採っており、入学当初新宿の自宅から通っていた芥川も、二年になると入寮せざるを得なかったのである。

親しい交わり

一高時代の芥川龍之介にとって、否、その生涯において大きな意味をもつのは、井川恭との交わりである。二人の親しいかかわりは、芥川が自治寮に入ってからのことである。自治寮はまず中寮三番、その後は北寮四番である。

入学当初芥川は、眉目秀麗の秀才佐野文夫と親しかった。よそ目にも二人の接近ぶりは明かであった。菊池寛に「一年生時代に、芥川は佐野と親しかつた。二人とも秀才でどこかに主角を蔵してゐた」(「半自叙伝」『文藝春秋』一九二八・五～二九・一二)との証言がある。が、二人の仲は長く続かず、芥川は入寮とともに井川恭と特別に親しくなる。同じ寮に寝起きする中で、二人は次第に相手に自分にないものを認め、互いに惹かれるものを見出していく。そして休日には共に写生に出かける。また、「上野の不忍池《しのばずのいけ》のあたりや小石川の植物園などにいっしょに散歩したり、時には食堂の賄《まかな》い方でこさえてもらった竹の皮包みの弁当をたずさえて武蔵野《むさしの》の辺まで足を伸ばしたりした。上野の音楽学校で毎月ひらかれる定期演奏会にもよくいっしょに出かけた」(恒藤恭「青年芥川の面影」)という。芥川家が田端に家を新築し、二階二間が龍之介にあてがわれると、京都帝国大学に進学した井川は、上京の度に芥川家を宿代わりにするほどの仲となる。

「恒藤恭は一高時代の親友なり」にはじまる「気鋭の人新進の人　恒藤恭」(『改造』一九二二・一〇)で、芥川は自治寮時代の井川恭について「恒藤は朝六時頃起き、午の休みには昼寝をし、夜は十一時の消燈前に、ちやんと歯を磨いた後、床にはひるを常としたり。その生活の規則的なる事、エマヌエル・カントの再来か時計の振子かと思ふ程なりき」と書く。それは井川恭の闘病生活から得た知恵であり、生活のリズムであったのだ。規則正しい生活習慣、――それあってはじめて学業もできるのだとは井川恭の信条であり、芥川が井川から受けた大きな影響の一つであった。芥川の一高での寮生活は、井川恭に習い、規則正しかった。一高時代芥川は各地への旅行も盛んにするが、それは井川恭に見習っての規則正しい生活があり、健康が維持できたことによる。

右の文章は、「恒藤は又秀才なりき。格別勉強するとも見えざれども、成績は常に首席なる上、仏蘭西語だの羅甸語《ラテン》だの、いろいろのものを修業しゐたり。それから休日には植物園などへ、水彩画の写生に出かけしものなり」と続く。

格別勉強をしていると見えなくても成績がよいというのは、勉強のコツを飲み込んでいたことと、先にもちょっとふれたが、本当に学びたいという意欲があったからである。療養生活の賜物は、健康への配慮と時間を無駄にしないという生活習慣の確立にあった。芥川の文章には、「一高にゐた時分は、飯を食ふにも、散歩をするにも、のべつ幕なしに議論をしたり。しかも議論の問題となるものは純粋思惟とか、西田幾多郎とか、自由意志とか、ベルグソンとか、むづかしい事ばかりにかぎりしを記憶す」ともある。ここには常に理想を懐いて勉学に励んでいた、二人の一高時代の一断面が見られる。

一冊の英文聖書

一高時代井川恭は芥川龍之介に、一冊の英文聖書、*THE NEW TESTAMENT*を贈っている。芥川はこの聖書の見返しに「一高在学中井川君より贈らる」と書き留め、生涯大事に保存することになる。現在、東京駒場の日本近代文学館の芥川龍之介文庫に入っているこの英文『新約聖書』を手にとると、各所に赤インクによるアンダーラインが引かれ、芥川が熟読した様子がしのばれる。井川恭は島根県立第一中学校時代に日本聖公会松江基督教会牧師オリバー・ナイト（Knight, Oliver）の自宅で開かれていたバイブル・クラスに出席していた。恭は後年それを「英語をまなぶのが目的」（「一番会いたい人—亡き母—」『大法輪』一九六七・四）と書いているが、実はもっと内的な問題があったのである。それは中学時代の日記の出現で明らかになった。

バイブル・クラスへの出席のきっかけは、姉シゲ（繁）の夫佐藤運平の死と深くかかわっていた。中学三年生だった井川恭は、尊敬していた義兄の死に遭遇し、深い悲しみと人生の無常とを知らされたのである。「兄上の遺書遺品を見今更に人生の果敢なしといふ念起る」（一九〇四・一・二三）と彼は日記に書きつけている。彼は日常性の世界を超える別の世界があることを、事件から汲み取ったのである。井川恭の人生や哲学への関心は、義兄の死に淵源を求めることができるのである。

義兄の死の翌日、一九〇四（明治三七）年一月二十三日、井川恭は *THE NEW TESTAMENT* を購入、六日後の一月二十九日からオリバー・ナイトの聖書研究会に出席しはじめたことも「井川日記」は語る。なお、井川家では父精一の死後、二人の姉をはじめ妹、それに母ミヨも松江基督教会で受洗していることも書き留めておきたい。一高時代井川恭が芥川龍之介に一冊の英文聖書を贈ったことの意味は、こうした背景を考慮しなければならない。井川が教えを受けたオリバー・ナイトのことや日本聖公会松江基督教会のことは、小著『恒藤恭とその時代』を参照してほしい。

芥川龍之介と井川恭の交わりは、やがて井川が東京を離れ、京都帝国大学法科大学に進学することで離ればなれになっても続く。二人は書簡を通し、友情を確かめ合う。さらには大学が休みになると、井川恭は上京の毎に田端の芥川家に泊まることもしばしばで、その仲はより深まっていく。若き日の二人の交流のピークは、一九一五（大正四）年夏、井川の故郷松江での生活にある。そのことは第Ⅳ章で採り上げる。井川恭は、後年恒藤姓となり、法哲学で名をなす。京大教授を経、第二次世界大戦後は、大阪市立大学初代学長として理想の学園づくりに邁進、また憲法擁護、平和運動に貢献した。

一高の三羽烏

一九一三（大正二）年六月下旬、芥川龍之介・井川恭・藤岡蔵六・長崎太郎の四人は、一高の卒業を記念し、群馬県の赤城山と榛名山の登山を行っている。この四人が一高では一つのグループを形成していた。哲学者の出隆《いでたかし》は、この中の芥川・井川・藤岡を「一高の三羽烏」と呼んだ（『出隆自伝』勁草書房、一九六三・一二）。芥川を除く三人は、日独学館組とも称される。一九一三（大正二）年四月、井川恭は新築落成した日独学館へ藤岡蔵六と相部屋で引き移る。長崎太郎もまた弟次郎（後年キリスト教関係の新教出版社社長）とともに入居した。

長崎太郎はそれまで井川恭と本郷区弥生町の下宿に住んでいた。全寮制度をとっていた一高ながら、三年生には寮を出ての下宿生活が許されていたのである。そこで井川と長崎は寮を出て共同生活をしたのであった。二人は下宿生活で共に聖書を読み、キリスト教問答を交わしている。長崎太郎の後年の回想「行じて居るもの」（『現代と仏教』第8号、一九五六・一二）には、「当時私は英文科の生徒で、一高の自治寮で恒藤恭君（現大阪市立大学学長）と相識るようになり、信仰について熱心に語り合った。私はあらゆる点で、恒藤君の指導を受けたが、信仰の話になると常に受け身で、同君の鋭い批判に耐える事が出来なかった。卒業の前には、二人で弥生ケ丘の下宿の一室に同居して基督教に就いて論じ合った。聖書も一緒に読んだ」と記している。

他方、井川恭は日記「向陵記」（一九一二・七・五）に、「長崎の信仰は羨ましい。自分は動揺がつきない、ライフ、ライフ、何時のほどにか、この言葉は力づよく心に響いてきたことか――永遠の中にただ一度与へられた生、今はその一片ぞ、と思ふとき、くすぐつたいやうな、せつないやうな、どうかしなくては堪らないやうな気が、胸からいらだたしくわきあがる……そのいらだたしさをしずめるため、僕はただうつくしき感情の高潮を追ふ」と記している。井川には長崎太郎の純粋な信仰がうらやましかったのである。「長崎日記」には、井川と「詩篇」を共に読んだ朝のことも記されている。井川と長崎の共同生活は、聖書を読むという行為があったという点で、特筆されねばならぬ。

一高最後の学期、井川・藤岡・長崎の三人は日独学館に住み、友情を深めていた。日独学館は三田の統一教会牧師で、一高のドイツ語教師でもあった三並良《はじめ》が、ドイツ人宣教師エミール・シュレーデル（Schroeder, Emil）との共同経営によって小石川区上富坂に建てた学寮である。芥川はしばしばここを訪れ、彼らと共にシュレーデルの属していたドイツ人教会にも出席している。

藤岡蔵六

芥川龍之介・井川恭とともに「一高の三羽烏」と言われた藤岡蔵六は、愛媛県北宇和郡岩淵村（現、津島町）の出身である。愛媛県立宇和島中学校を経ての入学であった。中学時代に体をこわし、一年休養してから一高に入学した。成瀬正一の一高時代の日記には、「伊予の人だ。やはりまじめな人だ。中々の勉強家だ。静座法に熱心な人だ。哲学をやる由だ」（一九一二・五・二七）とある。

入学早々藤岡蔵六は芥川とことばを交わすようになる。当初自宅から通っていた芥川は友人ができず、孤独をかこっていた。人一倍恥ずかしがり屋で都会人の芥川は、一高という新しい環境になじめず、「さびしい」ということばを、後述する府立三中時代の親友山本喜誉司宛書簡に繰り返し書きつけていた。そういう芥川には、藤岡は好ましい仲間に見えたかのようだ。藤岡の『父と子』（私家版、一九八一・九）には、一高入学当初のことが回想され、芥川に遊びに来るように話しかけられ、新宿の芥川家へ行き、搾《しぼ》り立ての牛乳をごちそうになった話が出て来る。また、この文章には井川恭・長崎太郎のことも語られており、参考になるので引用しよう。『父と子』の「文科一年乙組」と題された章である。

私は第一高等学校文科一年乙類の一生徒となった。此級《クラス》に島根県出身の恒藤恭（当時井川恭）と言う秀才が居て、寄宿寮も私と同じ南寮だったので、何時の間にか親しく話をするようになった。また生粋《きっすい》の江戸子で芥川龍之介と言うスマートな青年が居たが、彼はどう言う訳か私に近付いて来て、「一度僕の宅へ遊びに来給え」と言うので行って見た。当時彼の家は新宿に在って搾乳《さくにゅう》業を営んでいた。二階へ通されて搾り立ての牛乳を御馳走になった。其時二人は何を話したか忘れてしまったが、田舎弁の私が東京弁に魅了され乍ら話したこと丈を覚えている。私は多士済々たる文一乙の中でも図抜けてよく出来た是等二秀才と親交するようになったことを喜んだ。また入学当時首席を占めて居た長崎太郎と言う青年とも近付きになった。私は豫《かね》てから土佐人に好感を有ち、一時親しく交際して見度いと思って居たので、今その機会を得たことを喜んだ。

一高時代の藤岡蔵六は、静座法に熱心であった。彼の取り組んだのは、岡田虎次郎が創始した岡田式静座法であった。練習は毎朝日暮里の寺で三十分から一時間行われた。『父と子』には、「岡田式静座法」の一章もある。一高時代の藤岡は、求道の固まりであった。彼は何物かを求めてやまなかった。それが芥川や井川恭との接点ともなるのであった。彼はある時は、海老名弾正の牧会する本郷教会（本郷弓町教会）に説教を聴きに行き、その

「熱烈な信仰と高潔な人格とから自然に迸《ほとばし》り出る魂の雄弁」にひきつけられ、またある時は仏教徒である近角常観《ちかずみじょうかん》の主催する求道学舎《ぐどうがくしゃ》に話を聴きにいったりした。彼は哲学を専門に学ぼうとした。大西祝《はじめ》の『西洋哲学史』、西田幾多郎の『禅の研究』などは、この時期に読んだ。また、三並良のやっていたオイッケン会にも入っている。藤岡蔵六はとにかくまじめな学生であった。芥川の後年のエッセイ「明日の道徳」(『教育研究』一九二四・一〇)には、藤岡蔵六を思わせる人物が登場する。そこでは「待合といふもののフンクチオオネン(注、作用)」が分らないときまじめに問う男とされている。

藤岡事件　藤岡蔵六はまじめながら世間知らずの、社交下手な人間であった。それが後年、一高副手を経てドイツ留学後、東北帝国大学法文学部に迎えられる時に、和辻哲郎の横槍によって就職できなくなるという事件を引き起こす。いわゆる「藤岡事件」である。

結局藤岡は東北帝国大学に赴任できず、旧制甲南高等学校(現、甲南大学)教授となり、その後健康を害したこともあり、不遇な生涯を送った。事件の詳細は、小著『悲運の哲学者　評伝藤岡蔵六』(EDI、二〇〇四・七)に書いたので、参照してほしい。芥川の「学校友だち―わが交友録―」(『中央公論』一九二五・二)は、そういう藤岡蔵六に心底からの理解を示したものである。芥川は言う。「僕の友だちも多けれども、藤岡位損をした男はまづ外にあらざるべし。藤岡の常に損をするは藤岡の悪き訳にあらず。只藤岡の理想主義者たる為なり」と。

芥川は寄宿寮で生活を共にする中で、藤岡が表裏のない人間であり、真理を求めてやまない理想主義者であることがわかってくる。現『芥川龍之介全集』には、藤岡蔵六宛の芥川書簡が十四通収録されている。どれもが若き日の一高・東大時代のものである。読書の感想、近況報告、中に「路」と題する対話劇もある。これらを読むと、芥川がいかに藤岡を買っていたかがわかる。二人は互いに相手を尊重し、認め合っていた。芥川は藤岡蔵六を自分と同じ部類に属する人と見て、自己をさらした便りを書いていたのである。一高を卒業した年の一九一三（大正二）年十一月十六日には、二人して一高時代のドイツ語の教師、菅虎雄を鎌倉に訪ねている。

椒図志異

芥川は一高時代「椒図志異《しょうずしい》」と題して妖怪談を集めて記録していたが、藤岡にも協力を申し入れている。一九一二（大正元）年八月二日付藤岡蔵六宛書簡の一部には、以下のようにある。

し給へ

Mysterious な話しを何でもいゝから書いてくれ給へ、文に短きなんて謙遜するのはよ

如例静平な生活をしてゐる時に図書館へ行つて怪異と云ふ標題の目録をさがしてくる

此間稲生物怪録をよんだら一寸面白かつた其外比叡山天狗の沙汰だの本朝妖魅考だの

甚現代に縁の遠いものをよんでゐる何でも天狗はよく「くそとび」と云ふ鳶の形をして現はれるさうだ「くそとび」は奇抜だと思ふ

わたしは芥川のこの願いに応えて書き送ったのが、「尾形了斎覚え書」（『新潮』一九一七・一）の種となった文章ではないかと推察する。先にも記したように藤岡蔵六の故郷は、伊予（愛媛県）北宇和郡岩淵村である。家系は代々医師であった。藤岡は芥川から「Mysterious な話しを何でもい、から書いてくれ給へ」の要請に対して、伊予の「Mysterious な話」として、切支丹の死人がよみがえった話を書き送ったのではないだろうか。伊予にはキリシタンの布教が一五六〇年代から行われており、「尾形了斎覚え書」のような事件も起こっていた。それを幼い頃父か母か、あるいは祖母から聴いた蔵六が、芥川のたっての願いに応えて、書き送ったと想定するのである。「尾形了斎覚え書」の語り手が、「伊予国宇和郡」の医師尾形了斎であることは、わたしの推定の根拠となる。

正直で理想主義者の藤岡蔵六は、芥川や井川恭から深く信頼された。ややエピソードめくが、井川は可愛がっていた六歳下の妹サダを、藤岡蔵六に娶《めと》って貰おうと芥川に斡旋を依頼したほどであった。一九一七（大正六）年四月一日付の井川恭宛芥川書簡にそのことの片鱗が読み取れる。井川からの依頼に芥川は、「藤岡君の件について藤岡君にさうする意志さへあれば確にいい縁談だと思ふ」の考えを述べている。が、この話は、藤岡側に先に来た中尾清恵との縁談がまとまったことで立ち消えになっている。

なお、芥川龍之介が次章で述べる自身の失恋事件に際し、事件のことと、やり切れない心情を吐露した便りを出したのは、井川恭と藤岡蔵六、それに後でふれる府立三中時代の親友山本喜誉司の三人である。

長崎太郎

芥川・井川・藤岡と親しく、赤城・榛名方面への卒業旅行を共にした長崎太郎は、高知県安芸郡安芸町（現、安芸市）の生まれ。高知県立第三中学校（現、高知県立安芸高等学校）を経ての一高入学であった。芥川などを押さえて無試験検定トップ合格であった。幼い頃から弟次郎と日本基督教会安芸教会の日曜学校に通い、植村正久門下の百島操《ももじまみさお》牧師に信仰と文学の種をまかれる。百島は理想主義者のトルストイアンであり、植村が創刊した『福音新報』に百島冷泉のペンネームで、児童向けの読み物を盛んに発表していた。代表作は「蕎麦《そば》」「富者と天国」などであり、清新な作風は一部で注目された。長崎太郎は百島の影響もあって一高文科を志望したのである。

一高時代の長崎太郎は、熱心なクリスチャンとして過ごしている。彼は中寮三番や北寮四番では芥川や井川恭や成瀬正一らと一緒であり、その後寮を出ると井川と一緒に生活をしたこともあって、井川とは特に親しかった。一高を卒業すると井川とともに京都帝国大学法科大学に進学、卒業後は日本郵船を経て、武蔵高校教授、京大学生課長、そして高岡高専や旧制山口高校校長を歴任、第二次世界大戦後京都市立美術大学（現、京都市立芸術大学）

学長として敏腕を振るった。井川、のちの恒藤恭とは終生交わりを結ぶ。

最近出現した長崎太郎の一高時代の日記（「長崎日記」と命名）には、井川恭や菊池寛や佐野文夫などとともに、芥川龍之介との親しい交わりも記されている。たとえば「芥川君からオットーの文法と晶子の青海波とを送つてくれた日」（一九一二・八・九）とか、「芥川君と散歩した。同君としては最もおおつぴらに色々の話をせられた。兎に角に自分は同君の話を聞いて芥川君に対してより多くのよい考へを持つ様になる事だらう。うれしい散歩であつた」（一九一二・九・二五）といった具合である。

四　特異な友情

若き日の芥川龍之介の交友関係を調べていると、きわめて特異な友情を交わした人物がいるのに気づく。東京府立第三中学校時代の親友、山本喜誉司である。二人の交わりが深まるのは、府立三中の終わりのころからのことだ。

山本喜誉司

山本喜誉司は一八九二（明治二五）年九月十七日、東京牛込に生まれた。家系は旗本の家柄という。早く母を失い、祖母の手で育てられた。山本家はやがて本所区相生町三丁目六番地に転居し、喜誉司は本所小学校を卒業、一九〇五（明治三八）年三月、府立三中に進み、芥川龍之介と知り合う。本所区小泉町十五番地の芥川の養家と山本の家は近かったので、入学後二人は自然に親しくなる。二人とも生母を亡くしており、家柄も山本家が旗本、芥川家が奥坊主と、旧幕府に仕えたこともあって共通項があり、つき合いは家同士のものであった。芥川も山本も学業成績はよく、一緒に勉強をすることが多かった。府立三中在学中、芥川はしばしば旅先から山本に便りを出している。

一九一〇（明治四三）年三月、二人は府立三中を卒業する。そして、九月に芥川が一高に入学する頃までの精神的交わりは、高揚感に満ちている。中学校を終え、同じ学校で顔を合わせることがなくなった分、二人はせっせと手紙のやりとりをする。二人とも六月の一高入試を目指していたのである。当時は中学校の卒業が三月、高校（旧制）の入試が六月、入学式が九月となっていた。そこで勉強の進み具合を手紙で知らせ合うのであった。専攻を芥川が第一部乙類の英文科に、山本が第二部乙類の農科に決めたことや、西川英次郎《ひでじろう》を加え、三人でいっしょに一高へ願書を出しに行ったことなども芥川書簡は語る。が、この年山本喜誉司は一高入試に失敗、浪人を余儀なくされる。

芥川は山本喜誉司への同情もあって、この年の夏から九月の新学期にかけて何通かの長文の便りを山本に寄せている。読書の感想、友人の消息から入試の身体検査への不安、入学後は授業の内容や試験の報告が主である。そうした中で芥川は「さびしい」ということばを何度となく書きつけ、山本への深い友情を吐露する。一高入学当初の芥川は、新しい環境に容易に馴染めなかった。特に前述のように、最初の一年間は寮に入らず自宅から通ったこともあって、藤岡蔵六など少数の友人しか持つことができなかったのである。井川恭や長崎太郎との交わりは、二年生になってからのことだ。

同性愛的な友情

人は若き日、恋愛にも似た感情で同性の友を慕い、深い友情体験を持つことがある。この年（一九一〇）九月十六日付山本喜誉司宛芥川書簡は、そうしたことを語るものだ。これは一種のラブ・レターである。「あまりのしげく御訪ねするもあまりたび〳〵手紙をさし上げるのも何となく気が咎め候へば心ならずも差ひかへ居候へども　独語の拗音のこちたきに　思ひまどへる時などにはすぐにも君に逢ひたくなり候」にはじまり、「あゝ僕は君を恋ひ候　君の為には僕のすべてを抛つを辞せず候」といった恋文まがいの手紙となっている。まさに男女間の恋愛感情に等しい。一部を引用しよう。

> 正直な所を申せば僕は君の四囲にある人に対して嫉妬を感じ候、僕の君を思ふが如くに君を思へる人の僕等のうちに多かるべきを思ふ時此「多かるべし」と云ふ推察は「早晩君僕を去り給はむ」の不安は更にかなしき嫉妬を齎《もたら》し来り候
> 恐らくは　僕のおろかなるを哂ひ給ふ事と存候へども折にふれて胸を掠むる此かなしき嫉妬はしかも僕をして淋しき物思に沈ましめ候　かゝる物思のさびしさは此頃になりてはじめてしみ〴〵味はひしものに候

されども其さびしさの中に熱きものは絶えまなく燃え居候　あゝ僕は君を恋ひ候　君の為には僕のすべてを抛つを辞せず候
人は僕の白線帽を羨み候へども君と共にせざる一高の制帽はまことに荊もて編めるに外ならず候　哂ひ給はむ嘲り給はむ　或は背をむけて去り給はむ　されども僕は君を恋ひ候　恋ひざるを得ず候　君の為には僕は僕の友のすべてに反くをも辞せず候　僕の先生に反くをも辞せず候　僕の自由を抛つをも辞せず候　まことに僕は君によりて生き候君と共にするを得べくんば死も亦甘かるべしと存じ候

芥川龍之介が若き日から利己的で、「薄暗い諦念」をもった作家と決めつけてきた過去の芥川論は、この一通の便りの前に色あせる。芥川には、若き日には若き日なりの人間が持つ感情があったことを、右の書簡は語るのである。芥川は山本喜誉司を恋い慕った。それは同性愛的な、やや特異な友情でもあった。

山本喜誉司は翌年一高第二部乙類（農科）に試験合格し、のち東大農学部へ進学する。山本の相生町三丁目の家には、のちに芥川の妻となる塚本文が母寿々《すず》（鈴とも書いた）と弟八洲《やしま》と同居していた。山本喜誉司は塚本寿々の末弟であり、文は喜誉司の姪に当たった。芥川と塚本文が知り合ったのは、相生町の山本の家であり、龍之介が十六歳、文が八歳の時であった。芥川が文を愛したのは敬愛する友人の姪ということとともにかかわるのである。

『芥川龍之介全集』に収められた芥川の山本宛書簡を読むと、二人の仲がいかに親しかったかがわかる。一九一一（明治四四）年二月十四日付書簡では、「これから手紙の名をかくときは本名をかくのはよさう封筒だけは仕方がないけれど／君はAPOLLOでいい僕はSATYRにする」とある。アポロはギリシャ神話の神アポロンのラテン語形。ゼウスと女神レトの子である。アポロは若く力強い男性的な神とされる。知性と律法・秩序の保護者で、音楽・弓術・医療などをつかさどる。芥川は尊敬と思慕の念を込めて山本を書簡の中でこう呼んだ。同年二月二十五日付の山本宛書簡では、冒頭「APOLLO, THE BEAUTIFUL. に捧ぐ、」と書く。

アポロとサテュロス

他方で芥川は、「僕はSATYRにする」と手紙に書き、自分はギリシャ神話に見られる半人半獣のサテュロスになぞらえている。サテュロスは酒と女の好きな森の精である。山本喜誉司をアポロに、自身をサテュロスとするところには、山本に兄事するようなかかわりが読める。以後も芥川はしばしば山本に手紙を寄せては、心中の寂しさを打ち明けている。後述する吉田弥生とのかかわりが失恋に終わった折りの悲しみも、山本には率直に告げている。

なお、山本喜誉司は大学卒業後、三菱合資会社に入社、中国各地の三菱直営農場での綿作改良研究に従った。のち、三菱系の東山《とうさん》農事会社に出向、ブラジルに駐在し、コーヒー園の経営その他の事業で成功する。コーヒー栽培の害虫ブロッカ虫の駆除に、天敵ウガンダ蜂を当てるという彼の研究は、エコロジー重視のこんにち、再評価されてよいものがある。山本はこの研究で農学博士の学位を得ている。

＊

若き日の芥川龍之介は、友人に恵まれていた。これまでは自死した作家として芥川は若い時から、友人も少ない孤立した人間にみなされがちであった。が、事実は決してそのようなことはなかったのである。彼は中学時代の山本喜誉司、一高時代の井川恭・藤岡蔵六・長崎太郎ら、優秀で信頼できる多くの友人にめぐまれていたのである。ここに採り上げた人々のほかにも芥川には友人は多かった。むしろ当時の一般の青年以上に仲間は多かったといってもよいほどだ。研究が進むにつれてそのことははっきりしてきた。彼は孤独の念は人一倍つよかったものの、周囲には友人は多かった。そのことは次章以下でも、つとめてはっきりさせていくつもりである。

君看雙眼色

第Ⅲ章／失恋

不語似無愁

『舊新約聖書　HOLY BIBLE』

一　異性への関心

女性を慕う

一九一五（大正四）年の早春、芥川龍之介は、その生涯で大きな意味をもつ失恋事件を起こしている。芥川のこの苦しい「体験」は、以後の文筆生活に大きな意味をもつ。失恋事件を契機に、彼は大きく成長する。彼はやり切れない気持ちを創作に転位することで乗り越える。本章ではその問題を考えることにしたい。

芥川龍之介が若き日に、よき友人に恵まれていたことは、前章にかなりくわしく、具体的人名を挙げて述べてきた。そこで採り上げた府立三中時代の山本喜誉司や一高時代の井川恭宛書簡に、芥川はしばしば「さびしい」ということばを書きつけている。孤独感は青年期の彼を支配していた。それゆえに友人を求め、女性を慕ったのである。

彼は山本喜誉司宛書簡（一九一三・八・一一推定）で、「かぎりなくさびしい」と言い、自分を理解してくれる人を求めると書き、「か丶る人なくしては　われ　生くるに堪へず」との心情を示す。また、井川恭宛書簡（一九一四・五・一九消印）では、「僕の心には時々恋が生れる　あてのない夢のやうな恋だ　どこかに僕の思ふ通りな人がゐるやうな気のする恋だ」と書き送り、異性を慕う気持ちを吐露している。一九一二〜三年頃書かれたとされる*VITA SEXUALIS*は、鷗外の作品を意識してのもので、幼児から中学校二年生頃までの異性への関心が扱われる。

彼は養子であった。養父母や彼を乳飲み子時代から牛乳を与えて育てた伯母フキは、彼を慈しみ、育てた。外見上は経済的にも恵まれた家で、三人の大人に愛されて成長した龍之介には、何らの不足もないようにみえる。が、彼には生母の愛がなかった。早熟の彼が、長ずるとともに多くの女性を慕ったのは、そうした生い立ちの裏返しであったろう。彼が慕った女性は非常に多い。「芥川龍之介と女性」というテーマが成り立つほど、彼はその生涯に多くの女性とめぐりあい、恋愛感情を懐くことになる。実母の欠落は、母の面影を追ってさまよう。その最初は、実家耕牧舎にお手伝い（女中）として勤めていた吉村チヨである。龍之介の初恋の相手としてよい。

吉村チヨ

吉村チヨ（ちよ、千代とも書いた）は、一八九六（明治二九）年十月二日、長崎県五島に生まれた。龍之介の四歳年下になる。チヨが上京し、東京芝区新銭座町の新原敏三経営の牛乳販売業耕牧舎に、龍之介の姉ヒサ付きのお手伝いとして勤めるのは、チヨの十代半ばの明治の終わりの頃からで、その後ヒサが西川豊と再婚すると、西川家でも関東大震災のあった一九二三（大正一二）年頃まで働いている。芥川瑠璃子の『双影　芥川龍之介と夫比呂志』（新潮社、一九八四・一二）によれば、チヨは豊かな長い髪をきれいに束ねた、「南方系の顔をした美人」とのことである。また、「薄幸な人らしく、「石童丸」の話をきかせてくれて泣いていたのを覚えている」とも瑠璃子は記す。

瑠璃子はヒサの子である。ヒサは一九〇八（明治四一）年に耕牧舎で働いていた獣医葛巻義定と結婚、翌年の八月二十八日に長男義敏を生む。が、すぐに離婚する。理由は定かでない。ヒサは身重であったが、芝の実家に戻り、長女さと子（左登子）を生んだ。年子の幼い子を抱え、困難な情況にあったヒサに、専属のお手伝いとして働いたのが吉村チヨであった。

チヨはさと子の生まれた年には、満十四歳になっていた。龍之介は十八歳である。当時は義務教育の尋常小学校を終えると働くのが常であった。チヨはヒサの手足となって、十代半ばから働いた。瑠璃子の義兄に当たる葛巻義敏の編んだ『芥川龍之介未定稿集』（岩波書店、一九六八・二）には、チヨを紹介し、「編者の幼時、幼稚園の送り迎えをしてくれた、芝の実家の女中さん」と出てくる。前述のように、チヨはかなり長い期間ヒサの許で働いていた。

同じ芥川瑠璃子の『影燈籠　芥川家の人々』（人文書院、一九九一・五）では、震災で芝公園に避難した時の健気なチヨの姿を回想する。瑠璃子は、「わが家には沢山のお手伝いさんがきたが、なぜか私にはこの千代が一番印象に残っている」と記す。現存するチヨの写真（『新潮日本文学アルバム芥川龍之介』収録）を見ると、鼻筋の通ったやや淋しげな知的美人のイメージが浮かぶ。

やさしい愛の便り

初恋の相手吉村チヨ宛の「大正二、三年頃（推定）。草稿。」とされる芥川書簡が右の『芥川龍之介未定稿集』に収められている。「大正二、三年頃」というと、芥川家の田端転居の頃、龍之介の大学生活がはじまった頃である。二人の関係が、双方の淡い想いに終わったことがよくわかる便りである。四百字詰原稿用紙にすると、六枚ほどのやさしい愛の便りである。さわりの部分を引用しよう。

ちよの事を想ふとさびしくなる、ひとりで本をよんでゐて　ふと　今頃は何をしてゐるだらうと思ふとさびしくなる、もうみんな忘れてしまつたかしらと思ふとなほさびしくなる。

いつでも芝へ行つたかへりには　宇田川町の停留所まで　わざとぶらぶらあるく　さうして今にうしろで　やさしい足おとがしはしないかと思ひながら　用もない道具屋の店をのぞいたり　停留所でいくつも電車をのらずにゐたりする、あつて一しよにあるいても　何一つはなせるではなし　その上　二人とも気まりが悪くつて　いやなのだけれど　それでも　二人でゐると云ふ事はうれしい

ほんとうのことを云へば、どこへもお前をやりたくない。やるにしても　このままで

やりたくない　十日でも一週間でも　一しよになかよくしてみたい　お前のからだをぼくのものにしなくつても　たゞ一しよにごはんをたべたり　外をあるいたりして見たい　誰も知つた人のない　どこかとほいくにのちいさな村へ　うちを一けんかりてそこにすむのだ。お前に　ごはんをたいてもらつて　ぼくが本をよんだり　なにかかいたりする。

ぼくは　ほんとうに　お前を愛してゐるよ　お前もぼくのことさへわすれずにゐてくれゝばいゝ　それでたくさんだ　それより外のことをのぞむのは　ぼくのわがまゝだと気がついた　たゞわすれずにゐておくれ

かな文字を意識的に多用し、ところどころで表音通り書いているのは、尋常小学校卒業程度のチヨにもわかるように、配慮してのことである。純な青年芥川龍之介の気持ちが、心地よく表現された手紙だ。二人の間には、手を握り合う程度の愛情表現行為があったらしい。が、そこまでである。全文には恋の相手としての吉村チヨに対するいたわりと、彼女の幸せを願う気持ちが満ちあふれている。

叶わぬ恋

この手紙は下書きであって、清書してチヨに手渡したのか、郵送したのかは不明である。文字に書くことで満足したのかも知れない。もともと下女中《しもじょちゅう》との結婚は、格式高い養家芥川家にあって許されるものではない。そのことは、龍之介にも十分わかっていた。叶わぬ恋と承知しての便りだけに哀切さが伴う。対象は距離があるだけに美化されている。

チヨはヒサが弁護士の西川豊と再婚したため、ヒサについて新原家をはなれる。龍之介はずっと後になっても「手帳1」(一九一六年)に、「(1月20日)「鼻」をかき上げる　久米と成瀬と夜おそくCafé Lionではなす　かへりにCの事を考へる　かはいさうになる」、「(1月24日)小説をかく　Cを思ふ　さびしくなる」と書きつけている。Cとは言うまでもなく吉村チヨを指す。家の格式や教養の差から到底実らない恋であることを彼は自覚していた。が、彼は相手の人格を精いっぱい尊び、その幸福と健康を祈っているのである。人を愛する経験は貴重である。芥川龍之介もまた吉村チヨとの関係を通し、他者の存在を知り、人生そのものを学んだのである。

一九一三(大正二)年三月二十六日付、山本喜誉司宛書簡に「春の歌四首――御笑ひまで」と書きつけている短歌は、吉村チヨとかかわるものだ。以下に引く。

片恋の我世さびしくヒヤシンスうすむらさきににほひそめけり
晩春の銀器のくもりアマリリスかぎつゝ独り君をこそ思へ
たよりなく日ごとにふるふ春浅き黄水仙《ナツシイサス》の恋ならなくに

片恋の若き庖丁《コック》が物思ひ春の厨《くりや》に青葱も泣く

吉田弥生

吉村チヨとのかかわりが自然に断たれてから、約一年半後の一九一四（大正三）年の夏、芥川は才色兼備の吉田弥生という女性と交際をはじめている。それは結婚を真剣に考えた恋であった。

吉田弥生は一八九二（明治二五）年三月十四日の生まれなので、龍之介と同年同月の生まれである。二人の関係を追及した論文には、森啓祐『芥川龍之介の父』（桜楓社、一九七四・二）収録の「初恋の人／吉田弥生」、および森本修『人間芥川龍之介』（三弥井書店、一九八一・五）収録の「芥川龍之介をめぐる女性」がある。森啓祐の調査によると、弥生は中村よしの非嫡出子で、東京市深川区東扇橋町二十六番地の生まれ。その後よしが吉田長吉郎と婚姻したので吉田家で育てられ、満十六歳の一九〇八（明治四一）年十月、長吉郎に認知されている。長吉郎は当時芝区愛宕町の東京病院庶務課に勤務しており、会計事務を担当していた。龍之介の実家耕牧舎では、東京病院に牛乳を搬入しており、双方の家も近いこともあって、両家の交際が生まれたとされる。

弥生は東京高等女学校を経て、一九一三（大正二）年春、青山女学院英文専門科を卒業した。弥生は文学を好み、英語を解した。当時東京帝国大学文科大学の英吉利文学科に在席していた芥川龍之介とは、趣味の上でも学歴でも釣り合いがとれていたと言えよう。弥生と龍之介との交際に関して森啓祐は、「龍之介は吉田一家と実家を通して馴染んでいたが、中学校に入ってからの交渉は殆どなく、彼が弥生の家を訪ねるようになったのは、大学一年の大正三年五月頃でなかったかとみられる」と言い、「彼はよく久米正雄・山宮允・富田砕花などを連れて弥生の家に遊びに行った」とも書いている。要は家族ぐるみの交際によって幼なじみだった弥生に、成長した龍之介が恋心を懐いたということか。

龍之介からの弥生への便り

葛巻義敏編『芥川龍之介未定稿集』には、一九一四（大正三）年夏、芥川龍之介が上総一の宮から吉田弥生に宛てた手紙の草稿断片と、七月二十八日付の便り、それに「大正三年末、詩稿と共に。」と注記された書簡と合わせて三種の弥生関係文献が収められている。

草稿断片には、「これで弥ぁちゃんへ手紙をあげるのが　二度になるのですが　二度とも　ある窮屈さを感じてゐるのは事実です」「眠る前に時々東京の事や弥ぁちゃんの事を思ひ出します」とあり、七月二十八日付のものには、「お手紙拝見致し候　二度も三度も御返事認め候へども皆意に満たねばやめに致し候」とあり、二人の間に手紙の往復があったことを証している。芥川が弥生を強く意識して、のびのびとした便りが書けず苦労しているさまもうかがえる。

二つの手紙とも一の宮での生活の様子を知らせたものである。草稿断片の方には、「うすい月が出で　豆、黍、茄子　さゝげ　甘藷などの葉が　靄の中にうなだれてゐるのを見

ますと　久しぶりで　漢詩でも作つて見たくなります「種豆南山下　艸盛豆苗稀」と云ふ　名高い陶淵明の雑詩を思ひだすのも此時です　時々僕は　范石湖の田園詩集を　忘れて来たのを　残念だと思ふ事があります」などとある。先の吉村チヨ宛の便りと比べると雲泥の差である。こちらは相手が青山女学院英文専門科卒業という、自分とほぼ同じレベルの知識人宛という意識が濃厚だ。「七月廿八日、一の宮にて」の方では、フランスの象徴派の詩人ヴェルレーヌを話題にし、続けて以下のように記す。

この地の自然の手ざはりのあらきにはおどろかれ候　松脂のにほひと砂と海とのみ
砂丘には月見艸の花さへつけず　弘法麦と浜暴風と　僅に青を点ずるのみに候
海には毎日　ひたり候へば橄欖の如く黒み候　一高生二人　常に共に泳ぎ候
都の夜など思出でられ　時にはかへりたくなり候　何となく心おちゐる事多く候
書くべき事多けれど　書き得ざるを如何せむや　これにて御免蒙る可く候

上総一の宮には、府立三中時代の先輩堀内利器の誘いで、この年七月二十日から八月下旬までの一か月余滞在したのであった。

もう一つの「大正三年末、詩稿と共に。」の方には、「こは人に御見せ下さるまじく候／ＹＡＣＨＡＮとよびまつらむも／かぎりあるべく候　いつの日か／再　し・ゆ・う・べ・る・

とが哀調を　共／きくこと候ひなむや」とある。

二　失恋事件の大筋

ヒサの回想

芥川龍之介の吉田弥生への愛は、「順調に進んでゆけば結婚といふ極めて平凡な道程を辿る筈であつた」（富田砕花「芥川君を憶ふ」『改造』一九二七・九）が、養家の人々の反対にあって、はかなく破れてしまう。芥川龍之介のいわゆる失恋事件である。芥川瑠璃子は『双影　芥川龍之介と夫比呂志』（新潮社、一九八四・二）で、「龍之介が最初に結婚したかったらしいというYさんのことも、ヒサははなしてくれた」と言い、次のように書き留めている。ヒサは前述のように龍之介の姉で、瑠璃子の母である。


龍之介の気に入ったその女性を、一日家族に引き合せようと自宅に招いたことがあったそうだが、応対に出たのは伯母フキだった。両親はじめみな、この結婚にはあまり賛成していなかったらしい。恰度桜の花が満開の季節だったが、庭の桜を見やりながら、話の切れ目に伯母が言った。

「桜の花もきれいですが、何しろ毛虫が多くってね」

Yさんは当時の文学少女で才気煥発、男友達の数も多かったという。

「伯母さんは、きっと、芥川の嫁としてYさんを相応《ふさわ》しくないと思って皮肉を言ったんでしょう」とヒサは言う。「きれいな人だったけどねえ、伯母さんのひと言で、Yさんは悧口な人だから判ったんでしょう。龍ちゃんとのことはそれっきりになったのよ」

とつづけた。

ヒサの育った芝の家は歌手三浦環の家が近くにあり、よく招かれて環のうたを聴きに行ったそうである。振り袖姿の環は、おつきの人に手をひかれて、しずしずと現れる。集った沢山の男女の前で、得意のうたを唄ってきかせる。当時としては環の家は派手な社交場でもあったらしく、その中にYさんの姿も混っていたということである。

養家の人々の反対

ところで、一九一四（大正三）年の晩秋、弥生に盛岡市出身の陸軍中尉金田一光男との縁談がもちあがる。光男は一八八七（明治二〇）年八月二十八日の生まれで、弥生の五歳年上であった。陸軍士官学校の卒業である。いわば陸軍のエリートとしてよいだろう。吉田家とは遠縁でもあった。森啓祐は「盛岡の光男の母が弥生の人柄を見込んでいたらしく、長吉郎夫婦は半ば説得されるかたちで二人の結婚に同意した」（『芥川龍之介の父』）という。

程経てそれを知った龍之介は、弥生に求婚したいことを養父母と伯母フキに告げ、激しい反対にあったのである。それは一九一五（大正四）年が明けて間もない、早春のことであった。この年二月二十八日付井川恭宛書簡に、そのいきさつが述べられている。やや長くなるが、失恋事件の大筋を伝える書簡なので、その大事な部分を引用しておこう。

ある女を昔から知つてゐた　その女がある男と約婚をした　僕はその時になつてはじめて僕がその女を愛してゐる事を知つた　しかし僕はその約婚した相手がどんな人だかまるで知らなかつた　それからその女の僕に対する感情もある程度の推測以上に何事も知らなかつた　その内にそれらの事が少しづゝ知れて来た　最後にその約婚も極大体の話が運んだのにすぎない事を知つた

僕は求婚しやうと思つた　そしてその意志を女に問ふ為にある所で会ふ約束をした所が女から僕へよこした手紙が郵便局の手ぬかりで外へ配達された為に時が遅れてそれは出来なかつた　しかし手紙だけからでも僕の決心を促すだけの力は与へられた家のものにその話をもち出した　そして烈しい反対をうけた　伯母が夜通しないた僕も夜通し泣いた

あくる朝むづかしい顔をしながら僕が思切ると云つた　それから不愉快な気まずい日が何日もつゞいた　其中に僕は一度女の所へ手紙を書いた　返事は来なかつた（中略）二週間程たつて女から手紙が来た　唯幸福を祈つてゐると云ふのである

其後その女にもその女の母にもあはない　約婚がどうなつたかそれも知らない　芝の

叔父の所へよばれて叱られた時にその女に関する悪評を少しきいた
不性な日を重ねて今日になつた　返事を出さないでしまつた手紙が沢山たまつた　之はその事があつてから始めてかく手紙である　平俗な小説をよむやうな反感を持たずによんで貰へれば幸福だと思ふ
東京ではすべての上に春がいきづいてゐる　平静なるしかも常に休止しない力が悠久なる空に雲雀の声を生まれさせるのも程ない事であらう　すべてが流れてゆく　そしてすべてが必止るべき所に止る　学校へも通ひはじめた　イワンイリイツチもよみはじめた。
唯かぎりなくさびしい

なぜ反対したのか

井川恭は、当時京都帝国大学法科大学の学生で、吉田近衛町の京都帝国大学の寄宿舎にいた。芥川は京都に去った親友に、しばしば真情を吐露した手紙を書いていたが、これもその一通である。冒頭の「ある女」とは、吉田弥生のことである。「ある男と約婚した」の「ある男」は、金田一光男である。このほかには何ら説明を必要としないほど、明快にその失恋のプロセスを語っている。

「家のものにその話をもち出した　そして烈しい反対をうけた　伯母が夜通しないた僕も夜通し泣いた／あくる朝むづかしい顔をしながら僕が思切ると云つた」に龍之介の置

かれた立場の難しさと苦衷がうかがえる。養子であることは、陰に陽に彼を縛っていた。
芥川家の人々は、なぜ龍之介の弥生への求婚の意志に反対したのか。葛巻義敏は「対手《ママ》の女性が「士族」でないことが、養家芥川家側の強い反対を生んだ」と言い、森啓祐は「戸籍上の問題」「弥生の出生に絡まる問題」を重大視している。右の芥川書簡には、「芝の叔父（注、実父新原敏三）の所へよばれて叱られた時にその女に関する悪評を少しきいた」とある。森本修が葛巻義敏の教示として記すところによると、この悪評とは、当時赤新聞で叩かれた女学生中に弥生があげられていたことをさすという。要するに養家の人々の目には、弥生は龍之介の嫁として適わなかったのである。なお、わたしはこれらのことに加えて、他人との婚約の話が進んでいる女に、あえてプロポーズしようとする龍之介の生一本なやり方が、旧時代を生きて来た養家の人々の反発を買ったと考えている。

　事件後、芥川はしばらく大学を休み、やりきれない気持ちの整理に当たるのであった。富田砕花の「芥川君を憶ふ」（『改造』一九二七・九）によると、龍之介と弥生とは、弥生の結婚式の前日、中渋谷の砕花の家で最後の別れをしたという。弥生も龍之介にひかれていたことは、芥川が「手紙だけからでも僕の決心を促すだけの力は与へられた」と右の井川宛書簡に書いていることからもうかがえる。が、弥生は結局、先に話のあった金田一光男と結婚する。『芥川龍之介未定稿集』には、「人妻の中の一人に君をしも数ふ可き日の近づきにけり」という短歌が見出せる。この事件にかかわるものであることは、言うまでもない。

ところで、これまで弥生の後半生は定かでなく、その没年月日や晩年の生活などは杳《よう》として知れなかった。が、近年わたしは盛岡在住の遠山美知（遠山病院理事長）から弥生の晩年の生活をくわしくうかがう機会があったので、簡略に述べよう。小著『芥川龍之介　永遠の求道者』（洋々社、二〇〇五・五）収録「芥川龍之介の先見性」には、墓地など現地調査を踏まえてのくわしい内容を記している。そこでここには、その骨子を記すに留めたい。

弥生の晩年

まずその没年は、一九七三（昭和四八）年二月二十一日である。陸軍の高官になった夫、金田一光男は、一九四五（昭和二〇）年八月の日本の敗戦後、郷里の盛岡に戻っている。GHQの覚書きによる公職追放に加え、旧軍人に対する恩給も一時途絶え、インフレの続く東京での生活は成り立たなかったからである。盛岡に戻っても、生活は苦しかった。二人の間には子どもはなく、弥生が昔取った杵柄で、盛岡市立仁王小学校脇の家で英語の塾を開き、何とか生計を維持した。

が、年をとるとともに、英語を習いに来る子どもたちはいなくなり、夫光男も弥生本人も病気になるなどして、生活は困窮を極めた。晩年は生活保護を受けてのかつかつの生活であったという。

二人とも一九七〇（昭和四五）年から盛岡市の中津川のほとりの遠山病院に相次いで入院、亡くなった。若き女医の遠山美知が二人を看取っている。光男の死は、弥生に先立つこと二年であった。弥生は芥川没後四十六年、満八十一歳まで生存したことになる。墓は盛岡市北山の龍谷寺にある。

金田一家の墓碑に添えられた法名碑を見ると、「禅窓貞鑑大姉　昭和四十八年二月二十一日　弥生　八十一才」と刻まれている。わたしは遠山美知の案内で金田一家の墓地を確認した。その時の遠山の語るところによると、遠山病院に入院当初、「若き日の芥川龍之介さんをご存知だそうですね」と弥生に尋ねても、「それは遠い昔のことです」と言うだけで、思い出など語ろうとしなかったという。

なお、すでに時効と判断し、遠山美知から聞いた弥生夫婦に関するエピソードを記しておきたい。

第二次世界大戦後、まだ、光男が元気な頃、若き日の芥川龍之介の恋人、——失恋の相手が生きているという情報を得た東京の新聞記者が、「芥川とのかかわりを話してほしい」と盛岡市仁王の家に、弥生を訪ねて来たことがあった。その時、夫の光男はカンカンに怒って、「出て行け!」とどなり、追い返してしまったという。光男としては、プライバシーに立ち入られ、妻の過去を詮索されることに我慢ができなかったのであろう。そうした光男側のガードが固かったこともあり、弥生夫婦晩年の生活や没年月日などは、長い間研究者にも知られずにきたのである。

三　〈家〉の束縛

三人の友人への悲痛な便り

龍之介を心底から愛した母親代わりの伯母フキが夜通し泣き、彼も夜通し泣くというかたちでの恋愛の破局がここに訪れる。彼は胸中の苦しみや悩みを、前章で採り上げた三人の親しい友人、――井川恭、藤岡蔵六、山本喜誉司に書き送っている。

イゴイズムをはなれた愛があるかどうか　イゴイズムのある愛には人と人との間の障壁をわたる事は出来ない　人の上に落ちてくる生存苦の寂寞を癒す事は出来ない　イゴイズムのない愛がないとすれば人の一生程苦しいものはない
周囲は醜い　自己も醜い　そしてそれを目のあたりに見て生きるのは苦しい　しかも人はそのまゝに生きる事を強ひられる　一切を神の仕業とすれば神の仕業は悪むべき嘲弄だ
僕はイゴイズムをはなれた愛の存在を疑ふ（僕自身にも）僕は時々やりきれないと思ふ事がある　何故こんなにして迄も生存をつゞける必要があるのだらうと思ふ事がある　そして最後に神に対する復讐は自己の生存を失ふ事だと思ふ事がある

僕はどうすればい〻のだかわからない
（井川恭宛、一九一五・三・九付）
わが心ますらをさびね一すじにいきの命の路をたどりね
かばかりに苦しきものと今か知る「涙の谷」をふみまどふこと
ほこらかに恒河砂びとをなみしたるあれにはあれどわれにやはあらぬ
かなしさに涙もたれずひたぶるにわが目守《みまも》なるわが命はも
罌粟《けし》よりも小さくいやしきわが身ぞと知るうれしさはかなしさに似る
われとわが心を蔑《なみ》しつくしたるそのあかつきはほがらかなりな
いやしみしわが心よりほのほのと朝明《あさあけ》の光もれ出でにけり
わが友はおほらかなりやかくばかり思ひ上がれる我をとがめず
いたましくわがたましひのなやめるを知りぬわが友汝《な》は友なれば
やすらかにもの語る可き日もあらむ天つ日影を仰ぐ日もあらむ
あかときかはたたそがれかわかねどもうすら明りのわれに来たれる
わが心や〻なごみたるのちにして詩篇をよむは涙ぐましも
少しおちついてゐる今日にも君の所へ行かうかと思ふがもう少しまつ事にする自分がもがいてゐる時に人がおちついてゐるのを見るのは苦しいから

（藤岡蔵六宛、一九一五・三・九付）

私は随分苦しい目にあつて来ました　又現にあひつゝあります　如何に血族の関族《ママ》が稀薄なものであるか　如何にイゴイズムを離れた愛が存在しないか　如何に相互の理解が不可能であるか　如何に「真」を見る事の苦しいか　さうして又如何に「真」を他人に見せしめんとする事が悲劇を斉すか――かう云ふ事は皆この短い時の間にまざ〳〵と私の心に刻まれてしまひました（山本喜誉司宛、一九一五・四・二三推定）

これらの手紙には、彼が失恋に際して体験したにがい思いが満ち溢れている。三好行雄が「この恋愛から挫折への道はおそらく、芥川龍之介の青春が遭遇したもっとも人間くさい、そして、痛恨に満ちた〈事件〉であった。かれは恋の成就しなかった恨みよりも、恋をうしなうまでの過程にあらわれた人間感情の裸形に、よりふかく傷ついたように見える」（『芥川龍之介論』筑摩書房、一九七六・九）とまとめたように、芥川は事件を通して深く傷ついた。彼は周囲の醜さのみならず、自己の醜さをも知ったのである。

聖書の熟読

失恋事件後はじめて書いた小説の「仙人」（のち第四次『新思潮』一九一七・八掲載）には、「何故生きてゆくのは苦しいか、何故、苦しくとも、生きて行かなければならないのか」という彼自身の「生存苦」を託したことばも見られる。彼は聖書をひもとき、熱心に読む。右の藤岡蔵六宛書簡に見られる連作短歌には、『旧約聖書』の「詩篇」の反映が見られるし、当時の習作戯曲「暁」（回覧雑誌『兄弟』一九一六・四）は、『新約聖書』の熟読なくしては書けないものである。

一高時代芥川は親友井川恭から一冊の英文聖書 *THE NEW TESTAMENT* を贈られていたことはすでに記した。が、この時期彼は別に日本語訳『聖書』を持っていた可能性が高い。それは晩年に室賀文武（俳人、元耕牧舎雇人）から貰った『新約聖書』や自死の際に枕頭に置かれていた米国聖書会社刊行の『舊新約聖書 HOLY BIBLE』とも違う。なぜなら現在日本近代文学館の芥川龍之介文庫に収録されている枕頭の聖書は、一九一六（大正五）年四月に再版されたものだからである。すると、一九一五（大正四）年十月に成ったとされる「暁」は、枕頭の聖書によったものではない。

この聖書『舊新約聖書 HOLY BIBLE』の初版は、一九一四（大正三）年一月八日である。すると失恋事件に際して芥川は、初版の『舊新約聖書 HOLY BIBLE』（明治訳聖書、元訳聖書と呼ばれる）を読んでいたことが想定されるのだ。日本近代文学館芥川龍之介文庫収録の枕頭の聖書巻末見返しには、葛巻義敏の署名のある一文があって、その一節に「彼は新しき訳書を所持せるも、この訳の古調を愛し、――数年前にもらひたる、この訳書は、つねに彼の机辺に在り」を見出すことができる。

涙の谷

先に掲げた友人藤岡蔵六宛書簡（一九一五・三・九付）に記された連作短歌には「詩篇」の熟読なくしては詠めないものが含まれていたことも、そのことを証《あかし》する。例えば「かばかりに苦しきものと今か知る「涙の谷」をふみまどふこと」や「わが心や、なごみたるのちにして詩篇をよむは涙ぐましも」などである。「詩篇」は、呼び求める者と応える者とのかかわりが詩のかたちで書き留められている。植村正久らの訳とされる明治元訳聖書は格調高い。朗読するにたる名文である。「涙の谷」の箇所は、神への嘆願の詩である。明治元訳の「詩篇」第八十四篇六節の「涙の谷」（新共同訳『聖書』では、「嘆きの谷」と訳され、七節に入れられている）の引用からして、一五〇篇ある「詩篇」のかなりの部分を読んでいたことになろうか。読書期間も「わが心や、なごみたるのちにして詩篇をよむは涙ぐましも」の存在からして、相当の期間「詩篇」に親しんでいたことになる。

他方、イエスの受難を素材にした戯曲「暁」をはじめとする〈基督に関する断片〉（葛巻義敏の命名）の存在は、芥川がこの時期『新約聖書』の福音書やパウロ書簡にも熱心に目を通していたことを語る。「暁」は、回覧雑誌『兄弟』の一九一六（大正五）年四月号に載ったもの。第二次世界大戦後、この同人誌が発見され、『月刊長岡文藝』創刊号（一九四七・七・一）で紹介された。イエスの受難を素材とした戯曲である。わたしは内容をすでに『この人を見よ　芥川龍之介と聖書』（小沢書店、一九九五・七）で、くわしくふれているので繰り返さないが、イエスの受難の様子の描写は、福音書の熟読抜きには考えられない。『芥川龍之介未定稿集』には、「暁」の別稿のほか、「PIETA」「サウロ」などが〈基督に関する断片〉として一括、載せられている。芥川はかなり入念に聖書を読み、これら一連の〈基督もの〉を書いたことになる。失恋事件という人生の危機にあって、芥川は実に熱心に聖書を読んでいる。その反映がこれら〈基督に関する断片〉に見られるのである。

「マグダレナのマリア」（現全集には「ナザレの耶蘇（仮）」のタイトルで収録）は、ナザレの耶蘇の説教を聞いて弟子となったマリアを題材にした戯曲（対話）である。ここには二人のローマ人が登場し、イエスとその仲間のことを話題にする。福音書の記事を踏まえての律法批判には、芥川の〈家〉批判が重ねられていると見ることができる。

信頼していた養父母や伯母フキの反対にあって、好きな女性、――吉田弥生との結婚ができなくなった時、彼は〈家〉がいかに自分を束縛するものであるかを知る。幼少年時代には感じなかったものが、そこにはあった。〈養父母に孝に〉という世の倫理道徳は彼を縛っていた。愛する女性への結婚の申し入れという個人の問題も、養父母と伯母フキの同意なしには決して実現するものではなかったのである。三人の大人の中で、大切にされて育ったとはいえ、その環境はいざとなると束縛以外のなにものでもなかったのだ。彼は寂しかった。やりきれない想いもあった。彼はここに〈家〉からの解放を求めて飛翔する。

四　養家への反逆

吉原通い

芥川の養家への反逆は、吉原通いという具体的姿をとる。東郷克美「芥川龍之介の「寂寞」―初期書簡集を読む―」（『国文学研究』第六八集、一九七九・六、のち

『佇立する芥川龍之介』収録）、および竹盛天雄「『羅生門』―その成立をめぐる試論―」（菊地弘・久保田芳太郎・関口安義編『芥川龍之介研究』明治書院、一九八一・三・五、のち『介山・直哉・龍之介』収録）は、『芥川龍之介未定稿集』収録の一九一五（大正四）年頃とされる連作短歌二十首に注目し、そこに龍之介のシュトルム・ウント・ドラングの過程を読みとろうとしている。

〈烏羽玉の夜空の下にひそ〳〵とせぐ、まりつゝ行く男あり〉にはじまる二十首の歌は、東郷や竹盛の指摘するように、官能に救いを求めた芥川の吉原遊郭行きの中から生まれたものであった。そこには次のような詞書《ことばがき》が添えられている。

わが友の前にさゝぐ　そは　このわが友のみ知るべく又知らざるべからざるわがかなしみをうたへばなり　わが心　いたく　賤しく　且けがれたれど　われはわが友のそをゆるすべく　あはれむべきを信ぜんとす　一切を忘れしむるものは　時なり　されど　その時を待つ能はざるをいかに　われは忘却を感能《ママ》に求め　感能はわれに悲哀を与へたり

「わが友」は、直接的には井川恭であろう。が、井川に限定しなくても、藤岡蔵六や山本喜誉司にしてもよい。とにかく失恋によって象徴される人生の苦しみを理解してくれる友である。「わがかなしみ」とは、具体的には吉田弥生との別れであるとともに、これまで愛し合い、理解し合ってきたと信じていた養家の人々との精神的断絶である。それは周囲の人々と自身の中にひそむエゴイズムの発見の「かなしみ」としてもよい。純な魂はけがれたが、友よ、許してほしいと彼は訴え、「一切を忘れしむるものは　時なり」と言い、「悲哀」を「忘却」しようと官能に走るのである。

束縛からの解放

連作短歌二十首の中には、「夏の夜は更《ふ》けねとうたふ清元の三味を求《と》め来しわれならなくに」とか、「夏の夜をつめたくゆらぐ銀絲にもわがかなしみはいやまさりけり」といった歌があることからして、時は一九一五（大正四）年の初夏、五月ごろと推定できる。場所は「これやこの新吉原の小夜ふけて辻占売の声かよひ来れ」からして、吉原遊郭であることは間違いない。

吉原で龍之介は女を買い、童貞を失う。彼はこれまで他の仲間の多くが通った遊郭には、足を踏み入れたことがなかった。その点では成瀬正一と、そして『白樺』の人々ともどこか似ていた。彼らは対等の恋が理想であったのだ。だが、いま芥川は悲しみを官能に紛らせ、忘れようと「清元の三味」の音を求めて、遊郭に足を踏み入れているのである。それは竹盛天雄が的確に指摘するように、「まさしく彼を抑圧していた束縛からの自己脱出・解放への逆襲的エネルギー」であったのだ。けれども、芥川は官能にすべてを委ねることはできないのである。

小ざかしく巻煙艸吸ふ唇のうすくつめたくゆがみけるあはれ
薄唇醜かれどもしかれどもしのびしのびに口触《ふ》りにけり

右の歌に見られるように、彼は冷静に女を見つめている。彼は女の薄い醜い唇にいやいやながら触れているのである。

芥川龍之介の遊郭通いは一日や二日のことではなく、かなりの期間に及んだ。朝帰りの日さえあった。養父母や伯母フキは、龍之介の夜ごとの行為を知っていながら黙認した。原因がどこにあるかを知っていたからである。

このころの井川恭宛書簡（一九一五・四・一四付）の冒頭一節に、「うちへかへつて「丁度うまく汽車が間にあつてね、十時五十何分かに品川から立ちましたよ」と云つたら「さうかい」と云つて、母や伯母が涙を流した。おやぢまで泣いてゐる。年をとるとセンチメンタルになるものだなと思つた」とある。「十時五十何分」と言うのは、午前のことである。するとと芥川は、当時吉原ばかりか品川の遊郭まで、足を延ばしていたことになる。しかも朝帰りである。が、官能に身をゆだねることで彼の精神は癒されなかった。

救いへの願い

東郷克美は先の論で、芥川の吉原行きを指摘した上で、「それは彼を一層惨めにするばかりであったろう。こうして芥川は、女人の中にも、ひとつの「地獄」をのぞきみたであろうし、この地上に「寂寞」を根源的に癒しうるものは、何もないということを悟ったはずである」と言う。

確かに芥川は「地獄」を見ていた。同時期の聖書への強い傾斜は、こうした状況と無縁ではなかったはずだ。彼は「地獄」を見ることによって、救いへの強い願いをもつ。芥川龍之介と聖書との宿命的なかかわりは、失恋事件を契機に本格的なものとなる。遊郭通いの放蕩生活の日々で彼の生活はすさむ。やり切れない思いが深ければ深いほど、彼は聖書に救いを求めるのであった。

失恋事件後、芥川龍之介が最初に発表した小説は、この年四月、柳川隆之介の名で『帝国文学』に載せた「ひよつとこ」である。お花見の伝馬船の上で、ひょっとこの面をかぶって馬鹿踊りを踊っていた男が急死する話だ。

主人公は山村平吉という四十五歳になる日本橋の絵具屋の主人である。平吉はどこかひょうきんなところがある男で、誰にでも腰が低い。道楽は飲む一方で、酔うと必ず馬鹿踊りをする癖がある。一度踊り出したら、何時までも図にのって踊る。彼は酔うとまったく別人になるということを知っている。そして酔っている自分と、しらふの自分とどちらが本当の自分なのか分からないのである。

「Janus と云ふ神様には、首が二つある。どつちがほんとうの首だか知つてゐる者は誰もゐない。平吉もその通りである」と語り手は言う。平吉は、加えて嘘つきであり、その一生から嘘を除くとあとには何も残らない人物とされる。この仮面と嘘に終始した平吉の人生が、実は人間の実際の姿であることを若き芥川龍之介は発見する。確かな両義性の認識であった。

芥川龍之介は失恋事件を通して、さまざまなことを学んだ。愛する人間同士の利害による対立、人間の信頼できない面も知る。やり切れない精神を懐き、彼はさまよう。吉原行きは慰めとはほど遠く、逆に救いへの願いが強烈なものとなる。聖書を真剣に読んだのも、この時期がはじめてのことであった。吉田弥生のことはあきらめるほかなかった。「僕とその人とは恐らく永久に行路の人となるのであらう。機会がさうでないやうにするとしても僕は出来得る限りさうする事につとめる事であらう」（井川恭宛、一九一五・三・一二付）と彼は書いて、弥生の面影をぬぐい去る。

君看雙眼色
不語似無愁

第Ⅳ章／松江

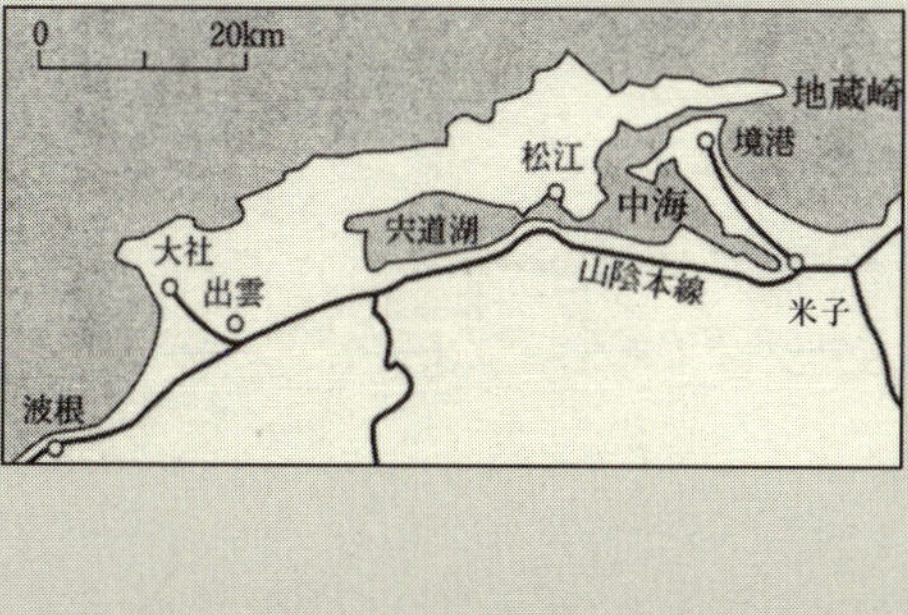

上　井川恭と暮らした松江濠端の家（著者撮影）
下　松江・大社付近略図

一　松江行きの誘い

井川恭の慰問

一九一五（大正四）年早春、井川恭は京都市吉田近衛町の京都帝国大学の寄宿舎にいた。彼は京都帝国大学法科大学の学生として、一高から来た長崎太郎らと法律を専攻していたのである。この京都の大学寄宿寮で、彼は悲しみの心情を吐露した芥川龍之介からの便りを続けて受け取る。二月二十八日付の便りで、友の失恋に至る大筋を知らされた井川恭は、いたく心配した。芥川のことを人一倍よく知っていただけにである。

一高の寮生活を通し、井川恭には友の性格がよく分かっていた。純で、か弱い性格だ。その人の危機がひしひしと伝わって来たのである。同情を超え、芥川の切羽詰まった情況が何かと懸念された。特に三月に入って、「僕は時々やりきれないと思ふ事がある　何故こんなにして迄も生存をつゞける必要があるのだらうと思ふ事がある　そして最後に神に対する復讐は自己の生存を失ふ事だと思ふ事がある／僕はどうすればいゝのだかわからない」（一九一五・三・九付）との芥川からの便りに接し、愕然《がくぜん》とする。友が自殺をするのではないかとの考えが、頭をよぎったのである。井川恭は何としても芥川を救わねばならぬと考えた。

井川恭の頭には、「神に対する復讐は自己の生存を失ふ事だと思ふ」の一句がこびりつく。春休みに入るや、井川はとにもかくにも田端の芥川家に行くのが先決とばかり、上京する。三月二十二日のことである。この日の「成瀬日記」に、「井川君上京、芥川の家に泊まる」の記事を見出すことができる。その夜からしばらく芥川と起床を共にする生活が続く。それは芥川を慰めるための訪問だったのである。松江へ招待する話は、この時から話題になったらしい。

井川恭は、生まれ故郷の松江の自然と厚い人情を誇りに思っていた。その自然と純朴な人々を愛していた。あの豊かな山と湖と川の中で生活するなら、その心の傷も癒えるに違いないと思ったのである。これ以前にも、井川は芥川に松江に来るよう誘ったことがある。特に京都帝大に進学し、芥川と別れてからは、休みごとに来るよう声をかけていた。一九一三（大正二）年七月三十日付芥川の井川恭宛書簡には、「君の手紙をみて食指大に動いた僕が日本海をみたがつてゐたのは君もしつてゐるだらう　君のかいた地図は世間並の地理的符号の数の少い為に山陰の海岸が悉DUNEのつゞいた砂地のやうな気を起させたが日の御崎や玉造と云ふ名が随分誘惑を逞くした」とある。

病と旅

井川恭が芥川に、夏休みには是非松江に来るよう勧めたのは、先のように三月末の田端訪問の折であった。京都に戻ってからは、手紙で具体的日程を立て、芥川の都合を問うことになる。前章で述べたように、芥川は失恋事件の傷を癒すために、あえて遊郭に足を踏み入れた。連日の吉原をはじめとする遊郭通いは、ここに来て彼の健康を蝕んでいた。自堕落な生活が、体調をそこねさせてしまったのである。彼は医者通いを余儀なくされる。

井川恭の熱心な松江行きの勧めは、芥川の心を動かし、夏には行くことを決心させていた。養父母も伯母フキも異論はなかった。今と違い旅客運賃も高かったとはいえ、貯蓄も十分あった芥川家では、息子の旅が家計を脅かすことはなかった。もともと芥川は旅好きである。井川のプランにそって、芥川は出雲の旅を夢見はじめたのである。問題は体の状態にあった。

この時期の芥川書簡を見ると、井川恭に病状を訴えたものが意外と多い。「のどをいためて湿布をしてゐた。鏡で朝、顔をみたら、頸のまはりへ白い布をまきつけてゐるのが、非常に病人らしくみえた」（一九一五・四・一四付）「熱があつてねてゐる　なほつたら君の手紙の返事をかかうと思つてゐたが急になほりさうもないから之をかく　ねながらかくんだから長い事は書けない　肺かと思つて大分心配した」（一九一五・五・一三付）、「井川君／病気は殆いゝ　尤もまだ医者へは通つてゐるが」（一九一五・五・一三付）、「体はいゝとも悪いとも自分にはわからないがそんなに悪くはなささうだ」（一九一五・六・一二付）と続く。わたしはこれは芥川が遊郭行きで蒙った花柳病ではなかったかと推定する。「肺かと思つて大分心配した」とあるように、微熱があり、体調は思わしくない。幸い大事に至らずに治っているものの、遊郭通いの代償は大きかった。

この年六月下旬の試験期になっても、芥川の病は完治していない。彼は次のような便りを井川恭に出している。

> 僕はまだ医者へ通つてゐる　四日目毎に田端から高輪迄ゆくんだから大分厄介だ　生活は全然ふだんの通りだがあまりエネルギイがない　体の都合で七月の上旬か中旬迄は東京にゐなくてはいけないだらう　それからでよければ出雲へは是非行きたい　尤も医者にきいて見なければ　確な事はわからないけれど　試験中は時間を医者に切られたので大分忙しくてよはつた（一九一五・六・二九推定）

大学は休みに入り、いつでも旅に出発できる情況を迎える。問題は健康だけに絞られた。七月十一日付井川恭宛便りを見ると、「手紙はうけとつた　早くと云ふ事だけれど　今月の末までは手のぬけない仕事がある　それからでよければ早速ゆく　医者にきいたら　日本中ならどこへでもゆくがいゝと云ふ事であつた　僕自身から云つても大分行つてみたい今　かなり忙しくくらしてゐる　本もろくによめない」とあるから、医者の許可も下りたのである。

成瀬正一の井川家訪問

松江の井川恭の家には、三年前の夏、芥川の友成瀬正一が訪れていた。「成瀬日記」によれば、一九一二（大正元）年八月十五日に松江の井川の家に着いたとある。以下のようだ。

二三度道を迷つた末、井川君の家へ来た。井川君の妹が出て来た。井川君によく似た声で顔もよく似てる。井川君は今遊びに行つてる由だ。まつてる中に母らしい婦人は丁寧にもてなしてくれた。しばらくしてから井川君はかへつてきた。暫らく見ぬ間に大分変つた様に見える。

井川君の案内で、宍道湖《しんじこ》に舟をうかべて私は泳いだ。又桃や、サイダー、すしの馳走になつた。井川君も其の弟も中々泳ぎがうまい。漕ぐのもうまい。湖水の上の夕日は美くしかつた。

私は井川君に感謝せねばならぬ。

井川恭は、はるばる訪ねてきた成瀬正一を心から歓待した。井川は「方々の山々や旧跡を説明し」、家族ぐるみで歓迎したのである。「成瀬日記」には、「親切を心から感謝する。／井川君の母君も中々人のよい方であつた」との言説も見える。井川の母とは、井川ミヨ（美代）である。

成瀬は好印象をもった松江への旅を、大学に入って交流が深まった芥川にしばしば語ったに違いない。後述するところだが成瀬正一は、芥川とは寮が同じであったこともあり、親しかった。二人はウマが合うというか、大学時代には最も親しい仲となる。

旅好きの芥川は、出雲に行きたいという気持ちを前々からもっており、成瀬の宣伝もあり、心は井川恭の故郷松江に向かっていた。井川はそういう芥川に具体的な旅のプランを提示した。芥川は精神を立て直す意味でも井川からの旅のプランに従いたかったものの、直ぐにはできなかった。病気に加えるに、アルバイトの翻訳などの仕事があった。右に見たように、六月二十九日（推定）の井川宛便りには、「体の都合で七月の上旬から中旬迄は東京にゐなくてはいけない」とあり、それが医者からの旅行許可の連絡に変わるのは、七月十一日のことである。芥川の松江行きが実現するのは、書簡その他の資料からして、この年八月三日から二十一日までの約二十日間ということになる。

二　島根県松江市

湖の街

島根県の県庁所在地松江市は、宍道湖《しんじこ》と中海《なかうみ》とにはさまれ、大橋川によって南北に分断された美しい水郷の町である。宍道湖は湖岸の埋め立てによって、往時より湖面が縮小したとはいうものの、現在でも東西約十六キロメートル、南北約六キロメートル、面積約八十平方キロメートルとかなり広い。湖の底は浅く、最深部でも六メートルほどだという。流れは西から東に向かい、大橋川を経て中海に、さらに日本海に注ぐ。『出雲風土記』には、中海と合わせて入海と記されている。湖の漁業は刺網漁《さしあみりょう》が盛んで、アマサギ（ワカサギ）、ウナギ、コイ、シラウオ、スズキ、エビ、それにシジミがとれ、これらは宍道湖の七珍《しっちん》と呼ばれる。海水と淡水が混ざり合った汽水湖《きすいこ》だけに、さまざまな魚貝類が水揚げされるのである。シジミは大型である。現在では貴重な観光資源でもある。

後年恒藤恭は、宍道湖と掘割の多い松江とその特産物であるシジミにふれて、次のように書いている。

まわり十里あまりの淡水湖――宍道湖の東はしに、湖をさしはさんで松江の市街は南北にひろがっている。北寄りの湖岸に接する水域は浅瀬が多い。近所のおさな友だちの家で所有している小舟に乗り、棹をさしたり、櫓を漕いだりして、市中の掘割から湖水に出た上、膝か、股のあたりまでの深さのある浅瀬の水につかって、よく蜆《しじみ》をとった。一升くらいの蜆をとるのに、いくらも時間はかからなかった。

（「ふるさとの味」『あまから』94号、一九五九・六）

宍道湖の東岸に嫁ケ島が浮かぶ景色は見事であり、湖の日没風景はすばらしい。松江の人々は、昔から宍道湖の日没を愛した。今でも松江に行くと、各所に「宍道湖の夕映え見ごろ時間」という、季節による日没時間を記した看板があるのを見ることができる。

城下町

松江は城下町としても知られる。関ヶ原の戦いで功をあげ、出雲・隠岐両国で二十四万石を所領した堀尾吉晴が、出雲国の中心に位置する松江に、一六〇七（慶長一二）年から築城をはじめ、城下町をつくった。松江の名は、吉晴の信任厚かった瑞応寺の春龍和尚が、中国浙江省江府の景色に似ていると言ったことから命名されたという。以後堀尾（三代）、京極（一代）を経て、一六二八（寛永一五）年松平直政が封じられ、明治維新までの二三〇年間、山陰道第一の城下町として繁栄した。

徳川幕府の親藩松平氏の城下町だった松江は、通称千鳥城と呼ばれる美しい城をもつ。町のどこからでも眺められるという松江のシンボルである。高層建築も見られるようになった今日の松江でも、状況は変わらない。白壁と黒瓦とのコントラストの映える城は、築城以来木造で、戦国時代の無骨で重厚な雰囲気を漂わせている。また、城の北堀に沿った塩見縄手（城見畷《なわて》とも書く）一帯に武家屋敷が残っていて、三百年の歳月を経てなお当時の姿をとどめる。

松江は多くの文学者によって、その町の美しいたたずまいが描かれてきた。早く小泉八雲は『日本瞥見記』（HOUGHTON, MIFFLIN AND COMPANY 1894）収録の「神の国の首都」に松江の町を美しい文章で書き表わした。また、田山花袋・島崎藤村・志賀直哉・里見弴・

田端修一郎・五木寛之らがこの街の特色ある自然を書き記すことになる。

井川恭は、水郷の町松江に育ったことを生涯誇りとしていた。後年恒藤恭の名で書かれる折々のエッセーにも、その一端を見ることができる。

松江美論

芥川龍之介を松江に誘った井川恭に、「松江美論」の副題をもった一連の文章がある。一九一三（大正二）年八月二十一日から九月十一日にかけて、断続して地元の新聞『松陽新報』に十三回にわたって連載されたものだ。現在、松江にある島根県立図書館で、マイクロフィルムによる閲覧が可能である。「我が郷土を愛す」にはじまり、「市の美的理想」「松江の風光美なるか」「松江の生命」「千鳥城」など、一回毎の題名がつけられ、書き手である井川恭の松江によせる愛情が語られていく。水郷松江を論じた「松江の生命」の冒頭には、次のようにある。


松江から湖と川とを除き去つたら後に何が残るだらう？　まことや市の生命は水にある、かの碧《あお》き水にある。

若し旅人が日暮れて停車場に着き、和多見うらから小船を傭うて、大橋の橋影《きょうえい》黒く水に砕けばほそ眉月《まゆづき》の光銀砂をこぼすころ、大橋川を横切つて東の水門を潜《くぐ》り、両岸の灯《ともし》び水に落ちては夜の静けさに泣き暮れる京橋川をさかのぼつて一と夜の宿をもとめ、あくる朝はうすい舷《ふなべり》や撓《しな》へた櫓《ろ》の腹に未だしとゞ露置くころほい西の水門からみづうみのあかつきの霧を分けて大橋のたもとにつき、小蒸気の甲板から町々をかくすほの白い霧のうへに浮ぶお城をかへりみしつ、西へ向うたならば、彼の記憶には松江はどんなにかうつくしい郷《とこ》ろとして残るであらう！

湖と川とからなる松江の特色を見事にとらえた文章である。松江を水郷と規定し、その美しさをしっかり見つめている。また、宍道湖を称えた「湖は平和の代表者なり」は、以下のようである。


「湖は平和の代表者也」とはうつくしい真理である。

僕はその一つの証明を宍道湖に於いて見る、この平和という一語よりも巧みにこのみづうみの清趣を尽すことばは未だ之を知らない。

但しその平和は、かの火山湖などに見るやうな、「永遠」と「神秘」とを合せて思はせるやうな、平和では無い。どこまでも暢《の》びやかに晴れやかに、天と地との隔てのない睦《むつ》まじさや、空行く浮き雲の楽天的な気分やに人の心を同化させる平和である、それだけに深刻な気分には欠けて居るが。

みづうみを囲む山々のやさしい姿は愁につかれた眼《まなこ》のなやみを慰める。

宍道湖という対象を共感をもって叙《じょ》した文章といえよう。宍道湖のおだやかで、落ち着いた、平和な姿をとらえ、称えている。

松江の町には、現在は埋め立てられてすくなくなったものの、かつては掘割が縦横にめぐらされていた。「松江美論」にも言うが、松江の人々は昔から水と深いかかわりをもって生活をしてきたのである。少年井川恭に深い印象をとどめたのは、町のどこからでも見える千鳥城と、掘割での小舟遊び、それに宍道湖でのシジミとりであった。

三　失恋を癒す旅

友情の証

一九一五（大正四）年夏、井川恭は失恋に打ちひしがれた友、芥川龍之介を郷里松江に誘う。それは井川恭の友情の証でもあった。三年間の一高生活を通し、二人は堅い友情で結ばれていた。それは井川が京都帝国大学法科大学に進学し、別れ別れになっても変わらなかった。井川恭はこの年の早春、芥川からの便りで、その失恋の大要を知らされていた。井川には、友の苦しみがよくわかった。好きな女性へのプロポーズさえも、養家の人々の同意を得なければ出来ない芥川の苦境が察せられたのである。

井川恭はこの年三月九日付の芥川の便り、「僕は時々やりきれないと思ふ事がある」「最後に神に対する復讐は自己の生存を失ふ事だと思ふことがある」に接して、友が自殺をするのではないかという不安に襲われる。そして急遽上京し、田端の芥川家に泊まり、失意の友を慰めたことはすでにふれた。

夏休みに友を故郷松江に招き、慰めたいという考えは、井川恭の頭の中で次第に固まっていった。何としても芥川を故郷の松江に招きたいと思ったのである。松江の自然と厚い人情は、心身ともに疲れきっている友を慰めるものがあると彼は堅く信じていた。そこで五月頃から手紙で具体的日程を持ち出していたのである。

井川からの松江行きの日程を問う便りに、芥川はしばしば病状を伝え、「七月の上旬か中旬迄は東京にゐなくてはいけないだらう　それからでよければ出雲へは是非行きたい」と応えていた。旅客機も新幹線もなかった時代に、東京から京都を経、山陰線経由で島根県松江市へ行く旅は、容易ではなかった。片道二十時間近くかかったのではないか。まして病後のことである。芥川は医者とも相談の上、旅程を立てた。それは八月三日午後三時二十分東京駅発の夜行列車に乗り、山陰線の城崎《きのさき》で一泊、五日午後四時十九分松江着の予定（井川恭宛はがき、一九一五・八・二付）であった。

井川恭の歓待

井川恭は傷心の友芥川龍之介を迎えるのに、さまざまな演出をする。松江は何度も書くが、夕日の美しい町である。夕方になると晴れた日には、町全体が茜色《あかねいろ》に染まるのである。特に宍道湖の落日は格別である。井川はこの光景を友に見せたいと思った。彼は芥川に松江到着を予定の午後四時十九分より一列車遅らせるよう城崎の宿に電報を打った。芥川からは承知した旨の返電が届く。井川恭の「翡翠記」と題された文章（一九一五年八月『松陽新報』に連載、この部分マイクロフィルムなく、日付未詳）には、「未だ見ぬ国を指してはるばるやつて来る友人の眼に、うつくしいゆうべの光に包まれてゐる松江の街を先ず映させ度かつた。／次にはすゞしい夕ぐれに湖を西へ西へと彼を載せた舟を棹さしながらこの春品川で別れて以来溜まつてゐるたく山の聞き度いこと、話したいことを聞きもし話しもし度いと思つてゐた　――その事自身の中にロマンチックな或るものが含まれてゐるやうな気がして、ぜひ夕方でなくちやあと云ふ考へを更につよくした」とある。並々ならぬ配慮だ。が、それも暴風雨のため実らなかったという。

この年は松江に一か月近く雨が降らず、芥川が松江に到着した日に大雨が降ったのである。「翡翠記」には、「五日の朝起きて見ると天気はがらり変つて、滅茶々々の暴風雨に成つてゐた。草木は一夜のうちに潑溂とした緑りのいろを蘇らせ、お濠の水は雨の足に叩かれて爽かに鳴つてゐた／一と月近くも待ちに待つた雨は斯うして勢い猛く襲つて来た。久し振りに気がせいぐしたけれど、天気の奴に見事に裏切りされた様な気がしてばかに腹立たしかつた」とある。松江行きを告げた芥川の井川宛書簡（一九一五・七・二二付）に添えられた七首の短歌の一つに、「こちごちのこゞしき山ゆ雲いでて驟雨するとき出雲に入らむ」というのがあるが、まさにその通りとなった。井川はこれまた「翡翠記」に、「夕かた、会つたら先ず「君の歌があまりに利きすぎたようだぜ」と言つてやらうかなど心の内に考へながら独り雨のなかを停車場をさして友を迎へに出た」と書きつけている。

お花畑の家

井川恭は芥川を迎えるのに、お花畑と呼ばれた松江城の裏手にあたる濠端の地に、閑静な家を見つけて借りていた。「外へ出ると御天主が頭の上に見えます」（芥川道章宛、一九一五・八・六）という環境抜群の地である。松江市内中原町《うちなかはら》一六七番地のその家には、前年志賀直哉が住んでいた。直哉の「濠端の住まひ」（『不二』一九二五・一）のモデルとなった家だ。が、当時井川は、そんなことは知らずに借りたのである。直哉は、「濠端の住まひ」の冒頭に、「一ト夏、山陰松江に暮した事がある。町はずれの濠に臨んだささやかな家で、独り住まひには申し分なかつた。庭から石段で直ぐ濠になつて居る。対岸は城の裏の森で、大きな木が幹を傾け、水の上に低く枝を延ばして居る。水は浅く、真菰《まこも》が生え、寂びた工合、濠と云ふより古い池の趣があつた。鳰鳥《にほどり》が始終、真菰の間を啼きながら行き来した」と書いている。当時井川一家の住んでいた家は手狭であったため、井川はあえてこの家を借りたのであった。

井川恭はセミプロの作家であった。すでに記したが、鈴かけ次郎のペンネームによる少年小説は、『中学世界』にしばしば連載され、多くの読者を獲得していた。彼が『中学世界』に作品を寄せるようになるのは、一高時代からのことである。そして文学を断念し、京都帝国大学法科大学に進路を変更した後も投稿は続いていた。それは言うまでもないことだが、生活費と学費稼ぎのためであった。「眞弓の周囲」（一九一三・一〇〜一二）「勇者の歓び」

（一九一四・三）「棘《とげ》ある杖」（一九一四・五～一二）「王冠をつくる人」（一九一五・六）などである。鈴かけ次郎は依然健筆であった。こうした投稿で得た金が、芥川歓迎のために惜しげもなく用いられたのである。が、養家で一人っ子として何不自由なく育った芥川には、この井川の配慮は、十分に理解されたふしがない。井川の母ミヨ（美代）が時々来ては、炊事をしてもてなした。

山と川と湖という自然に恵まれた城下町松江は、芥川の心を慰めるものがあった。八月十四日付藤岡蔵六宛絵はがきに芥川は、「松江へ来てからもう十日になる大抵井川君とだべつてくらしてゐる湖水や海で泳いだりもした本は殆よまない少し胃病でよわつてゐる松江は川の多い静な町である町はづれのハアン先生の家もさびしい」とある。失恋の痛手からくる心身の傷を癒すのに、この旅は効果的だった。「川の多い静な町」は、彼にはふさわしかった。しかし、町はずれのハアン先生の旧宅にさびしさを見出すところなど、彼の心も未だ冬野の感がある。それが松江滞在二十日の間に次第に癒される。なお、ここでの「ハアン先生」とは、言うまでもなく小泉八雲ことラフカディオ・ハーン（Lafcadio Hearn）である。

松江印象記

ところで、「ひよつとこ」の次に活字になる芥川作品は、現在「松江印象記」のもと、全集に収録されている文章である。初出は松江の地元紙『松陽新報』で、「日記より」と題され、三回に分けて井川恭の文章「翡翠記《ひすいき》」に組み込まれて発表されたものだ。発表は一九一五（大正四）年の夏であるが、前述のように月日は定かでない。ただ井川恭の新聞切抜きの「翡翠記」全文が残っており、大阪市立大学学術情報総合センター内の「恒藤記念室」に所蔵されている。そこで時間をかけるなら裏面記事からの類推で、やがては発表日付は確定できるものと思われる。なお、「翡翠記」全文の翻刻には、寺本喜徳の手になる『翡翠記』（島根国語国文会、一九九二・四）、それに宍倉忠臣編『翡翠記』（山陰中央新報社、二〇〇四・五）がある。

お濠の水が座敷からも眺められる濠端の家は、自然に恵まれ、失恋事件で人と人とのかかわりに傷ついた芥川の心を慰めるものがあった。志賀直哉の「濠端の住まひ」にも、「人と人との交渉で疲れ切つた都会の生活から来ると、大変心が安まつた。虫と鳥と魚と水と草と空と、それから最後に人間との交渉ある暮しだつた」とあるが、二十日に及ぶ松江での生活は、当時の芥川には実にふさわしい環境であった。

「翡翠記」によると、芥川は松江滞在中に井川の案内で、掘割を舟に乗って宍道湖や松江市内の各所、それに郊外の月照寺や天倫寺を見学する。近くの真山《しんやま》に登り、麓にある曹洞宗の寺、常福寺（芥川は書簡で定福寺と誤記する）の住職とも親しくなっている。帰宅後芥川は、この和尚さんの夢を見る（井川恭宛、一九一五・八・三一付）。また、彼らは足を延ばして波根海岸まで行き、一泊している。

波根海岸

波根海岸は松江の西南約六十キロ、日本海に面した漁村である。二人は、誰もいない夕日の照る海で泳ぎ、水平線に没する美しい落日を眺めている。井川の「翡翠記」には、その時の様子が次のように記されている。


浪は冷たい掌《てのひら》をあげて肩を衝《う》ち胸をうつ。すつきりした寒冷の感覚が緊張した全身の筋肉に錐《きり》の尖《さき》のやうに細くとがつた刺戟《しげき》を傳《つた》へる刹那に、身を跳《をど》らせて浪の上に手足を浮かせると、水は弾力性に富んだ快い圧迫《あつぱく》を体軀《からだ》の周囲《まはり》に加へながら自分の思ふまゝに揺《ゆさ》ぶり弄《もてあそ》ばうとこゝろみる。

恰度《てうど》その折太陽は燦爛《さんらん》たる栄光の王冠を火炎の中に抛《なげう》つやうに爛《らん》々と燃ゑながら海の涯《はて》に沈むで行つた。

「あつ、うつくしい！」

「うつくしいね！」と浪のあいだ《ママ》から二人がうれしくて耐《たま》らないような声で叫んで、その夕べの「日の終焉《をはり》」の栄《さかえ》を讃《ほ》めたゝへた。


心の痛手は、久し振りに会った親しい友との旅を通し、いかに癒されたことか。「翡翠記」の波根海岸の記事は、さらに続く。二人は次第に暗くなつていく海の面に見とれながら、さまざまなことを話し合う。失恋の地、東京田端の家をはるかに離れた出雲の地に来て、芥川はやっと自分を取り戻していた。井川恭の友を思いやる配慮によって、傷心は癒され、健康も回復に向かうのであった。

日本的近代を批判

「松江印象記」は、一九一二（明治四五）年一月執筆の「大川の水」に類縁する文章である。松江の印象に託して日本的近代を批判しているところに特色のある文章だ。芥川は「松江へ来て、先自分の心を惹かれたものは、此市を縦横に貫いてゐる川の水と其川の上に架けられた多くの木造の橋とであつた」の一文からこの文章を書き起こす。大川（隅田川）の水に育まれて幼少年時代を過した彼は、まず川に心ひかれるのであった。「河流の多い都市は独松江のみではない」としながらも、たいていは橋梁によつて美観をそがれていると彼は言い、「愛す可き木造の橋梁を松江のあらゆる川の上に見出し得たことをうれしく思ふ」と書く。その上で、これら木橋をもつ松江に比べて、「朱塗の神橋に隣る可く、醜悪なる鉄の釣橋を架けた日光町民の愚は、誠に嗤《わら》ふ可きものである」との感想がもらされるのである。日光の神橋は、府立三中の修学旅行で見てきている。

次に千鳥城（松江城）の天主閣（天守閣）に言及する。芥川は天主閣は封建時代を表象する歴史的建築物で、南蛮から輸入された築城術を自分たちの祖先が日本に同化させたもので、いわば芸術品であると言う。が、明治の「新文明の実利主義」は、それらを破壊したと芥川は日本的近代への疑問を呈する。それはひたすら近代化の道をたどることで、ヨーロッパ諸国と肩を並べようとした明治新政府批判であり、反近代主義の立場であった。それは後年の芥川作品に常に見え隠れするテーマとなる。

「自分は松江に対して同情と反感と二つながら感じてゐる」と芥川は言う。同情は木橋の橋梁や千鳥城の天主閣の保存である。他方、反感は旧城主松平直政の小銅像の建設のため、美しい青銅の鏡を破壊していることや、嫁ケ島の防波工事のため、自然の風致が害されていることに対してである。芥川龍之介の鋭い観察の目が、都市の構造的美観とは何かを問いかけているのである。

古きものへの共感

芥川龍之介が松江という都市に持った懐かしさは、成育の地、本所区小泉町を流れる大川の水を通して知った東京の懐かしさにつながる。それは木造の橋梁や千鳥城の天主閣が象徴する、古きよきものへの共感であり、縦横に貫流して光と影との調和を示す水への愛着である。ここでは西洋風新文化は否定され、明治の新政府に参与した〈革命の健児〉たちは、「薩長土肥の足軽輩」として軽蔑され、破壊者の烙印を押されている。

若き芥川龍之介の思想形成過程は、既成のものへの革命のあこがれが育つ一方で、さまざまな伝統的よきものを守ろうとする保守の気風を伴って展開する。それは駒尺喜美の言う「矛盾の同時存在」(『芥川龍之介の世界』法政大学出版局、一九七二・一二)であり、三好行雄の言う「二律背反的な精神の亀裂」(『芥川龍之介論』筑摩書房、一九七五・九)であって、成長のための必然の道程であったと言えるのだろう。

松江に芥川は八月二十一日の朝まで滞在し、帰途は京都に一泊、二十二日の夜、田端の自宅に戻っている。井川が芥川のために借りたこじんまりとした一軒家は、すでに述べたように、千鳥城の濠端、環境抜群の地にあった。建物は若干手が加えられたものの現存する。濠の水には、時々背中と尾が青色の美しい鳥、——翡翠《ひすい》も飛んで来た。翡翠はカワセミともいい、「空飛ぶ宝石」とも称される鳥である。井川はこの鳥を、「うつくしい瑠璃いろの翅《つばさ》をひらりと閃《ひらめ》かせるかと思ふと早や暗い樹の蔭にその鳥のかたちは隠れてしまふ。うつくしい人が懐かしい眸《ひとみ》をちらと見せてすぐと消え失せたときのように、幻影《まぼろし》のひかりがこゝろの中をはゞたいて通り過ぎる」（「翡翠記」九）とか、「視界のうすれて行く境をあかるい藍色《あゐいろ》の光が礫《つぶて》をなげうつ様に過ぎ去つた。眼をあげて光のゆくてを追ふと、お濠の岸から岸へ翔つて行く翡翠《かはせみ》の翅《つばさ》のいろであることが知れた」（「翡翠記」一二）と書き、敬愛する友、芥川龍之介のイメージに重ねている。

四　「羅生門」の誕生

成立時期

松江での自然に囲まれた生活、井川一家の心のこもった歓待……。そうした生活の中で、身体と精神の疾患は完全に癒え、芥川龍之介の気力は充実する。

彼は新たな創作の意欲に衝き動かされていた。東京田端に帰るや、それはあふれるばかりのものとなる。小説「羅生門」は、そうした状況の中から生まれた。この作品に横溢する野性的エネルギー、結末（初出）の確信に満ちた主人公の行動、――それは以上のような背景があって、はじめて表現として定着できたのである。

この作品が書かれたのは、いつであったのか。本作の成立時期をめぐる論議はきわめて活発で、いくつかの有力な見解が提出されてきたが、新資料の出現によって、近年ようやくその決着をみるに至った。整理すると、これまでの「羅生門」成立時期に関する考察は、失恋事件以後とする説と、それ以前とする説に大別できる。そこでしばらく芥川研究諸家の説に耳を傾けることにしよう。

研究史上「羅生門」の成立時期は、当初「あの頃の自分の事」（『中央公論』一九一九・一）における「悪くこだはつた恋愛問題の影響で、独りになると気が沈んだから、その反対になる可く現状と懸け離れた、なる可く愉快な小説が書きたかつた」という作者の回想、および前に引用した一九一五（大正四）年二月二十八日付井川恭宛書簡によって、失恋事件とのかかわりで考えられてきた。が、一九六〇年代のはじめから活発化する芥川研究の中で、例えば三好行雄のように「「羅生門」の成立を失恋事件の影響だけで解こうとするのは早計である」として、失恋以前に小説の構想の端緒があったのではないかと推論する研究者も出て来る。

一九六〇年代半ばから後半にかけて、「羅生門」の成立をめぐる諸説の批判的検討が、森本修によって行われている。森本には「「羅生門」成立に関する覚書」（関西大学『国文学』第38号、一九六五・七）をはじめとする一連の「羅生門」成立考がある。それらの論で森本は、芥川が医科大学解剖室に成瀬正一と死体を見に行ったことと、「或阿呆の一生」（九 死体）との関連についての諸説の見解をまず質す。次に「羅生門」発表に至るまでの多数の草稿類の存在を指摘し、それらの執筆の時期を一九一五（大正四）年のはじめとし、「羅生門」の成立は、「恒藤恭に失恋の経緯を知らせた大正四年二月以降九月に至る間と推定される」とした。

松江という場《トポス》とのかかわり

一九七〇年代に入って発表された海老井英次の「「羅生門」―その成立の時期」（『國文學』一九七〇・一二）は、「羅生門」の世界の発想を、失恋事件を考慮に入れなくても可能だとする。先行の三好行雄の見解を一歩進めたものとしてよい。海老井は「あの頃の自分の事」が虚構作品である以上、それに依拠した「羅生門」執筆時期の推定は、無条件に是認するわけにはいかないとして、代わりの資料に「小説を書き出したのは友人の煽動に負ふ所が多い」（『新潮』一九一九・一）での回想と、小堀桂一郎によって出典の一つと紹介されたフレデリック・ブウテェ作・森鷗外訳「橋の下」（『三田文学』一九一三・一〇、のち『諸国物語』一九一五・一・一五収録）、および森本論文に見られる葛巻義敏の発言（草稿時期を一九一五年のはじめと推定）をもってくる。そこから「失恋契機説は問題の一面を見たにすぎないもの」として、「大正四年二月よりもかなり遡って考えなければがならない」との推論を導き出す。ここには一九一四（大正三）年秋の芥川の芸術観・人生観の変化と、典拠となった『今昔物語集』への新たな共鳴とを合せて考えるという見方があり、「大正三年末から四年初頭の起筆、以後間もなくの成立」との結論を導き出している。が、海老井論には失恋事件という人生上のやり切れないほどの痛手、その重い体験の意味が十分に考慮されていなかった。また、松江という場《トポス》があって、はじめて懐胎できた作品生成の問題には、まったく眼が及んでいなかったのである。

以上の「羅生門」成立史論考をふまえた竹盛天雄「『羅生門』―その成立をめぐる試論―」（菊地弘・久保田芳太郎・関口安義編『芥川龍之介研究』明治書院、一九八一・三、のち『介山・直哉・龍之介』収録）は、「羅生門」成立史に一石を投じるものとなった。竹盛は井川恭宛芥川書簡（一九一五・五・二三付）に見られるルーイス（Msthow Gregory Lewis）の *The Monk* の記事や、芥川が用いた『今昔物語集』が「博文館刊行・池辺義象の『校注国文叢書』巻一六（一九一五・七）巻一八（一九一五・八）所収のテキスト」であることなどからして、「羅生門」の成立を一九一五（大正四）年の九月半ばから月末一杯ぐらいまでの間に仕上がった」と結論づけた。この論は、芥川資料岩森亀一コレクション出現以前のものながら、実証と推論に基づいて「羅生門」執筆時期の核心に迫ったものとして、高く評価できる。

「羅生門」の執筆時期は、一九一五（大正四）年九月というのが、その後の新資料の出現を踏まえた笠井秋生・関口安義らの実証的研究で、動かし難いものとなった。つまり松江への旅の直後ということになる。そのことの論証に入ろう。

「羅生門」受胎のドラマ

竹盛天雄の「羅生門」成立をめぐる論文で、いま一つの重要な指摘は、一九一五（大正四）年九月十九日付で井川恭宛に郵送された「詩四篇／井川君に献ず」の「Ⅰ　受胎」を引き、ここに初出稿「羅生門」の受胎のドラマを読みとっていることである。わたしは竹盛論文に導かれて、「詩四篇／井川君に献ず」の「Ⅰ　受胎」に続く三節、「Ⅱ　陣痛」「Ⅲ　めぐりあひ」「Ⅳ　希望」を読み、この詩全体が初出稿「羅生門」の誕生にかかわるものとの確信を得るようになった。この詩は、最近、山梨県立文学館の企画展「芥川龍之介の手紙　敬愛する友　恒藤恭へ」（二〇〇八・四・二六〜六・二二）に現物が出展され、見学者の目を惹きつけた（同展『図録』四一ページ参照）。多くの見学者は、これは何を意味するのかで、とまどいがちであった。分かりやすく説明するため、以下にこの詩の全章を引用する。

詩四篇
井川君に献ず

Ⅰ　受　胎

いつ受胎したか
それはしらない
たゞ知つてゐるのは
夜と風の音と
さうしてランプの火と——
熱をやんだやうになつて
ふるへながら寝床の上で
ある力づよい圧迫を感じてゐたばかり
夜明けのうすい光が
窓かけのかげからしのびこんで
涙にぬれた私の顔をのぞく時には
部屋の中に私はたゞ独り
いつも石のやうにだまつてゐた
さう云ふ夜がつゞいて
いつか胎児のうごくのが
私にわかるやうになつてくると
時々私をさいなむ

胎盤の痛みが
日ごとに強くなつて来た
あゝ神様
私は手をあはせて
唯かう云ふ

Ⅱ　陣　痛

海の潮のさすやうに
高まつてゆく陣痛に
私はくるしみながら
くりかへす
「さはぐな　小供たちよ」
早く日の光をみやうと思つて
力のつゞくだけもがく小供たちを
かはゆくは思ふけれど
私だつてかたわの子はうみたくない
まして流産はしたくない

うむのなら
これこそ自分の子だと
両手で高くさしあげて
世界にみせるやうな
子がうみたい
けれども潮のさすやうに
高まつてゆく陣痛は
何の容赦もなく
私の心をさかうとする
私は息もたえだえに
たゞくり返す
「さはぐな　小供たちよ」

Ⅲ　めぐりあひ

何年かたつて
私は私の子の一人に
ふと町であつた事がある

みすぼらしい着物をきて
撞木杖をついた
貧弱なこの青年が
私の子だとは思はなかつた
しかしその青年は
挨拶する
「おとうさまお早うございます」
私は無愛想に
一寸帽子をとつて
すぐにその青年に背をそむけた
日の光も朝の空気も
すべて私を嘲つてゐるやうな
不愉快な気がしたから

Ⅳ　希　望

こんどこそよい子をうまうと
牡鶏のやうに私は胸をそらせて

部屋の中をあるきまはる
今迄生んだ子のみにくさも忘れて

こんどこそよい子を生まうと
自分の未来を祝福して
私は部屋のすみに立止まる
ウイリアム・ブレークの銅版画の前で

一九一五□《ママ、欠字》九月十九日
龍之介

ブレイクへの傾斜

右の詩は何を詠っているのか。松江で失恋の痛みを慰めてくれた井川恭に、新たな意気込みで創作に向かおうとしている自身の心境を語ったものとみてよいだろう。ここでの生みの苦しみは、言うまでもなく創作の苦しみである。「小供」とは、文字化されたテクストである。ここで注意を喚起したいのは、「小供たち」（傍点は筆者による）と複数形が用いられていることだ。わたしはここでの受胎のドラマは、初出稿「羅生門」一つに限定されずに、「鼻」をはじめとする彼の初期作品群全体を含めてよいと思う。

なお、「Ⅳ　希望」には、「こんどこそよい子をうまうと／牝鶏のやうに私は胸をそらせて／部屋の中をあるきまはる／今迄生んだ子のみにくさも忘れて」とある。新しい創作にかける芥川の精神の高揚が伝わって来るかのようだ。さらに続けて、「こんどこそよい子を生まうと／自分の未来を祝福して／私は部屋のすみに立止まる／ウイリアム・ブレークの銅版画の前で」と彼は書く。

ウイリアム・ブレイクは、イギリスの詩人であり、画家であり、銅版画家でもある。芥川のブレイク受容は、一高時代にはじまる。彼の友人の一人に、一高無試験検定トップ合格の長崎太郎がいた。一高時代の長崎については、すでにふれた。長崎太郎は後年日本の「ブレイキアン」とまで言われるようになったが、芥川のブレイクへの傾斜そのものも、同時代青年共通のブレイクへの関心に根ざすのである。

武者小路実篤・志賀直哉・柳宗悦らの雑誌『白樺』は、ブレイクを積極的に紹介した。『白樺』は毎号のように西洋美術の記事や図版を載せたが、ブレイクには特別に力を入れた。バーナード・リーチは、イギリスの詩人であり、陶芸家でもあるが、一九一三（大正二）年の『白樺』の表紙デザインに、ブレイクの詩「虎」の一節をふまえたブレイク風図案を用いた。また、柳宗悦は一九一四（大正三）年四月号の『白樺』に、論文「ヰリアム・ブレーク」を発表、その図版を紹介した。『白樺』はブレイクを含む西洋美術の作品を紹介する版画や複製画による展覧会も開催した。こうした動きに刺激を受け、芥川も同人の一人だっ刊行している。

た第三次『新思潮』(一九一四・二創刊)の表紙は、ブレイクの「日の老いたる者」が、山宮《さんぐう》允《まこと》によって選ばれている。ちなみに山宮は後年『ブレイク選集』(アルス、一九二三・三)を刊行している。

芥川・長崎とブレイク

芥川龍之介や長崎太郎は、『白樺』のすぐ後を行く世代である。当然一高時代からその影響下にあり、ブレイクにも関心があった。芥川旧蔵複製版画に、ブレイクの「生命との別れを惜しんで身体上を浮遊する心霊」がある。画家で芥川と親交のあった小穴隆一は、「二つの絵」(『中央公論』一九三二・二〜三八・二)に、「神田で一枚の「ウイリアム・ブレーク」の複製を発見して金三円の全財産を投じたがために歩いて帰らなければならなかつた」という一高時代の芥川のエピソードを紹介し、「そのブレークの絵は後に彼の考案による画架にのせて死ぬまで二階の書斎の壁に掛けてあつた」と書いている。この証言は、一九一五(大正四)年九月十九日付で井川恭に送った右の芥川書簡に書き込まれた詩四篇の「Ⅳ　希望」と呼応する。

ところで、二〇〇三(平成一五)年十一月二十九、三十の両日、京都大学で開催された〈国際ブレイク学会〉には、芥川の友、長崎太郎収集のブレイク関係書籍と版画(現在京都市立芸術大学蔵)が展示され、注目された。目録(*"Blake in the Orient"*)に長崎太郎は写真入りで、Blake Collector : Taro Nagasaki として紹介されている。

長崎太郎は日本郵船のニューヨーク支店に勤務の頃、ブレイク版画の収集に熱中した。

もともと絵が好きで、鑑賞力も高かった長崎は、「カンタベリーの巡礼」はじめ、『ヨブ記挿絵集』『ナイトソート』など、ブレイクの逸品をニューヨークの美術商から購入する。彼は一時仕事そっちのけで、純粋無垢な詩人画家ウイリアム・ブレイクの収集に熱中した。それゆえ帰国後は、日本でブレイクの書画を一番多く集めている人として知られるまでになる。それも一高時代にはじまるブレイクへの強い関心によるのである。

執筆は松江旅行後

同時代青年共通のウイリアム・ブレイク体験は、芥川の「羅生門」はじめ初期作品にも影を宿す。「詩四篇／井川君に献ず」は、失恋の痛手が松江への旅を通して完全に癒え、情熱が創作という建設的な面に向かいつつあることを示す詩である。生命の歓喜を表現したウイリアム・ブレイクと「羅生門」とのかかわりもここに読みとれる。かつての吉原その他の遊郭での遊びは、芥川の実生活上の反逆行為であった。それが一時の空しい行為でしかないのを悟った彼は、ここに虚構の世界で束縛からの自己解放と真剣に取り組むことになる。芥川はブレイクの複製画の架かる田端の書斎で、ブレイクの力の恩恵に与《あずか》るかのように、力強く「羅生門」を書き出す。

ところで、「羅生門」に下書きメモのノートや断片草稿が存在することは、早くから知られていた。その一端は葛巻義敏編『日本文学アルバム6芥川龍之介』(筑摩書房、一九五四・一二)に写真版で紹介されていた。一九八一(昭和五六)年六月、神田三省堂催場で公開された芥川資料岩森亀一コレクションは、おびただしい量の別稿・草稿・断片類を含み、研究者に衝撃を与えた。中に「羅生門」関係資料も含まれていたことはむろんのことである。これらの資料はやがて山梨県立文学館に収まり、写真版の『芥川龍之介資料集』1、2（山梨県立文学館、一九九三・一一）が刊行されることとなる。

この新資料の出現は、「羅生門」の成立時期を作者自ら第一創作集『羅生門』（阿蘭陀書房、一九一七・五）や、新興文芸叢書第八篇『鼻』（春陽堂、一九一八・七）に収めたテクスト「羅生門」の最後に「――四年九月――」と記した正当性を裏づけることとなった。すなわち下書きメモのノートの余白に、落書きふうに書き込まれた「馬上空山路　蕭條墜葉黄」「檣上秋風吹白帆　檣前孤客沾青衫」という漢詩が、松江への旅の体験を素材としているからである。芥川は田端の書斎で、松江での生活を思い出しながら稿を急ぐ。

「シンポジウム「羅生門」をめぐって」（於神戸女学院大学　一九八五・一一・九、のち『国文学解釈と鑑賞』一九八六・七掲載）での笠井秋生の発言に、いち早くこのことに関する言及がある。笠井はまた芥川が帰京後井川恭に送った礼状（一九一五・八・二三付）中に、「倦馬貧村路　冷煙七八家　伶俜孤客意　愁見木綿花」といった下書きメモのノート余白中のものと同一素材の「波根村路」や、「松江秋夕」という漢詩の見出せることも指摘する。

かくて新資料の出現によって、「羅生門」の成立時期問題は、「一応の決着」がついたことになる。

君看雙眼色

第V章／自己解放

不語似無愁

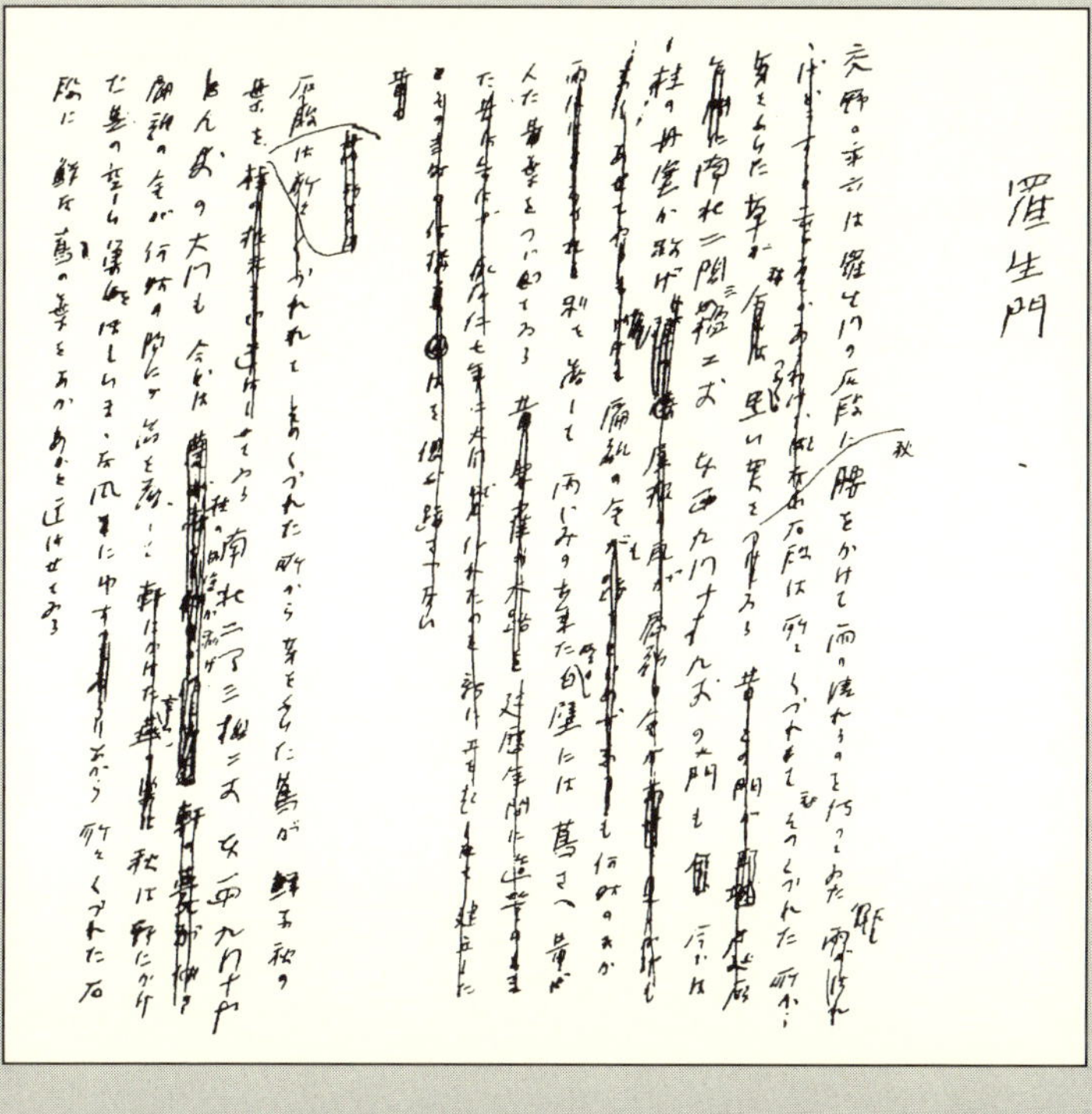

『羅生門』下書きノート

一　「羅生門」の世界

典拠

前章で「羅生門」懐胎の地、松江についてくわしくふれた。一九一五（大正四）年八月の松江行きは、芥川の心身を充実させ、初期のいくつかの作品を生む契機となった。「羅生門」はその一つであり、芥川は語り手を通し、下人と呼称される主人公に、自己解放の喜びを託すことになる。それは古典の世界を借りて現実を大ひねりにひねって表現するというもので、人間の自立への歩み、新しい世界への旅立ちとして描かれる。本章ではそうしたことを踏まえて、まずは「羅生門」の世界を検討したい。

「羅生門」は、主たる典拠を、『今昔物語集』の「巻二十九　本朝付悪行」中の「羅城門ノ登リテ二上ノ層《コシ》ニ一見タル二死人ヲ一盗人ノ語《コト》第十八」、および同「巻三十一　太刀帯ノ陣ニ売ルレ魚ヲ嫗ノ語《コト》第三十一」に仰いでいる。『今昔物語集』にはもともと怪異譚が多い。一高時代に「椒図志異《しょうずしい》」というノートをつくり、せっせと妖怪談を集めた芥川は、もともと怪異譚が好きだった。『今昔物語集』は、そういう彼の好みの古典であった。早く森本修に「『今昔物語』に着目したのは、気質的にミステリアスなものに興味をもっていた芥川が、原話のもつ事件の異常性にひかれたためであろう」（「羅生門」駒尺喜美編『芥川龍之介作品研究』新生出版、一九六九・一〇）との指摘がある。

冒頭の「旧記によると、仏像や仏具を打ち砕いて……」の「旧記」が『方丈記』で、その養和の飢饉の惨状を述べたところと重なることも知られている。近年はヨーロッパ小説の影響も指摘され、フレデリック・ブウテェ、森鷗外訳の「橋の下」、同じ鷗外訳のカール・ハンス・シュトロープルの「刺絡」、M・G・ルーイスの***The Monk***、アンドレーエフ、昇曙夢訳の「地下室」とのかかわりなどが考慮されるようになった。これらの材源は、芥川の自家薬籠中のものとなり、新しい小説として甦る。

小説の舞台

小説「羅生門」は、「或日の暮方の事である。」という一文をもってはじまる。文末を「――の事である。」と現在形で結ぶことによって、以下に続く話に現実感・実在感を与えようとしているのである。物語作者としての芥川龍之介の着実な技法が、冒頭一文に早くも見られる。平岡敏夫の発見になる〈夕暮れの文学〉（『夕暮れの文学』おうふう、二〇〇八・四）の一つでもある。

次に「一人の下人が、羅生門の下で雨やみを待つてゐた。」との文が来る。舞台は雨の降る暮れ方の羅生門である。ここに主人公の下人が登場する。「下人」とは、身分の低い男をいう。時・所、そして人物が冒頭二文で早くも出そろう。小説の舞台は、「狐狸《こり》が棲《す》む。盗人《ぬすびと》が棲む。とうとうしまひには、引取り手のない死人を、この門へ持つて来て、棄て、行くと云ふ習慣さへ出来た」という気味の悪い羅生門である。

テクスト「羅生門」は、この荒れ果てた巨大な門を「所々丹塗《にぬり》の剝げた、大きな円柱《まるばしら》」

と拡大化《クローズアップ》することで示す。もはや、かつての王権の象徴とは見なされないほど荒廃した門、そのために朱雀大路にありながら、雨やみをする者は「一人の下人」しかいない。荒廃の理由は、「この二、三年、京都には、地震とか辻風とか火事とか饑饉《ききん》とか云ふ災がつゞいて起つた」ことに求められている。その上で『方丈記』のよく知られた箇所を下敷きにして、「仏像や仏具を打砕《うちくだ》いて、その丹《に》がついたり、金銀の箔がついたりした木を、路ばたにつみ重ねて薪の料《しろ》に売つてゐたと云ふ事である」との説明が来る。京の町のこのような荒れようが語られ、「洛中がその始末であるから、羅生門の修理などは、元より誰も捨てゝ顧る者がなかつた」との叙述が続くのである。

下人はどこから来たのか

下人はなぜ寂《さび》れた、暮れ方の、雨の降り込める羅生門にいるのか。答は以下のようなものであった。

> 下人は雨がやんでも、格別どうしようと云ふ当てはない。ふだんなら、勿論《もちろん》、主人の家へ帰る可き筈である。所がその主人からは、四五日前に暇を出された。前にも書いたやうに、当時京都の町は一通りならず衰微《すいび》してゐた。今この下人が、永年《ながねん》、使はれてゐた主人から、暇を出されたのも、実はこの衰微の小さな余波に外ならない。

下人はここに来るまで、どこに定住していたのだろうか。「京都の町」だろうか。それとも「京都の町」の衰微の余波を受けた周辺の地域の村であろうか。とにかく、下人はいま「京都の町」と外部とを分け隔てる境界、羅生門の下にいる。問いたいのは、彼はいったいどこから来たのかということである。彼は刀は持ってはいるが、身分の低い下級武士というよりは、地方豪族に従い、農事や屋敷の警備を仕事としていたのではないかとさえ思われる。語り手の語る彼の挙措動作は、極めて粗野である。彼は野人なのである。再び問う。彼は洛中、つまり「京都の町」から羅生門という境界にやって来たのだろうか、それとも洛外、つまり周辺の地域からこの境界にたどり着いたのであろうか。事の検討はこの小説の〈読み〉にもかかわる。それはこの男にとっての境界の意味を問うことなのだ。

わたしは以前『「羅生門」を読む』（三省堂、一九九二・一、新版、小沢書店、一九九九・二）で、この問題をくわしく述べ、境界としての門の意味を質《ただ》した。そこでは圧倒的に多い、下人は京の町から来て京の町へ戻るという洛中帰還説の諸氏の見解をまず紹介した。そのうえで、わたしは洛外からの侵入者とする新説を披露した。

その際根拠としたのは、①テクストの中に下人のことばとして、「今し方この門の下を通りかゝつた旅の者だ」とあることと、②下人の都ずれしていない、野人的な言動との二つの点であった。むろん〈読み〉としては、決して二者択一の問題ではない。洛中帰還説にしても、洛中侵入説にしても、テクスト「羅生門」は、羅生門という境界をいかにして通り抜け、別世界に入るかの物語なのである。

死人の髪の毛を抜いて鬘にしようとする猿のような老婆と、失職して行くところもなく途方にくれる身分の低い若者とが、京都の町外れの羅生門の楼上で出会う。そこに生じるドラマが、この小説の中心である。わたしの〈読み〉を示そう。都に住む世間智に長《た》けた老いたる女と、田舎から「旅の者」としてやってきた若き男とが対決する。老婆は都に住むだけあって情報通である。死人の生前の行いにまで通じている。若者は田舎住まいのためであってか、情報不足である。羅生門の楼上で、何のために老婆が死人の髪の毛を抜くのかも分からない。

楼上のドラマ

そのような両者が格闘し、若者は肉体的にはむろんのこと、精神的にも勝利して飛翔する。若者は老婆の持ち出した「せねば饑死をするぢやて」という、生存のための理屈と向き合い、自らの〈反逆の論理〉を獲得する。若者は老婆の着衣を剥いで、「黒洞々たる夜」の彼方に去るというのが、一編の内容である。本作の核心にふれておこう。

老婆によって代表される世俗一般の考えは醜い。若者からするならば、それは言い逃れであり、偽善であった。彼はそれに対して闘うのである。と同時に、彼は自身の内なる律法とも闘わなくてはならなかった。老婆の着衣を剝ぐという行為に走ることは、たとえ老婆を懲らしめるという言い開きが立つにしても、結果として〈引剝〉という行為が成り立ってしまう。

羅生門という洛中と洛外を隔てる境界としての大門の下で、若者は〈饑死か盗人か〉の課題の前に逡巡する。それがいまはっきりと〈盗人〉という選択がされたことになる。彼が門の下で盗人になる〈勇気〉をもつことができなかったのは、世の倫理に縛られていたからである。少なくとも四、五日前までは、彼は働く場を持ち、ごく普通の生活をしていたに違いない。他者との正常な交わりもあったろう。それが京都の町の「衰微の小さな余波」によって、勤め先を解雇され、〈饑死か盗人か〉の危機に立たされたのである。生きるためにいかにすべきかの迷いに、彼はとらわれていた。

老婆の出現は、彼に世の倫理を投げ捨て、実行行為に踏み出す〈勇気〉を与えるのであった。かくて主人公の若者は、自己を抑圧している一切の束縛をかなぐりすて、「己が引剝をしようと恕むまいな。己もさうしなければ、饑死をする体なのだ」という叫びをあげて老婆を蹴倒す。それは新しい〈勇気〉の獲得であった。

転位

ここに第Ⅲ章で見た作者芥川の失恋事件という現実が、虚構の世界に転位されているという見方が浮上する。転位とは辞書的には「位置を置きかえること」であるが、わたしはこのことばを、芥川と同時代作家である豊島与志雄から学んだ。豊島は自分の作品は、いかに現実から遠く離れているように見えようと、自身の体験とどこかで結びついていると言い、それを〈現実の転位〉であるとした（「創作雑話」『文章倶楽部』一九一八・一〇ほか）。そのことばを導入すると、「羅生門」の世界はわかりやすく見えてくる。ことばを変えて再説しよう。吉原や品川の遊郭に遊んだことは、芥川の養家の人々や自分自身に対する現実生活の中での反逆であった。が、それは第Ⅲ章で扱ったように、余りに空しかった。いま彼はやりきれない気持ちを、虚構の世界に転位しようとする。一時代前の自然主義作家なら、また、その流れを汲む私小説の作家なら、失恋という現実をありのままに書いた（むろん事実は選択されるが）かもしれない。いや、この後に登場してもらう大学時代の友人、久米正雄にしても、自身の失恋体験を「螢草」（『時事新報』一九一八・三・一九～九・二〇）以下の小説に、これでもかというほど、繰返し、繰返し書き、『破船』（『主婦之友』一九二二・一～一二）に至る厖大な失恋小説群を形成し、人気作家となった。

が、芥川龍之介は、自己の体験をストレートには決して表現しなかった。それは第一に小説の本道は、虚構に在るという堅い信念があったからである。大学で英文科に所属し、ヨーロッパの多くの小説に接していた彼には、小説とは何かがよく分かっていたのである。第二に彼は、シャイな都会人であった。また、「養父母に孝に」の倫理・道徳は、彼を縛っていた。現実の事件をそのまま筆にすることなど、とても出来なかった。いわゆる現実暴露の小説は、彼には無縁であった。そこでやり切れない気持ちを、大ひねりにひねって表現することとなる。

それは失恋事件という試練を通して獲得した表現手段であり、ショート・ストーリーとしての短編小説の創作方法に合致していた。ここにテクストは現実を濾過し、純化される。彼は時代や歴史の衣装をカムフラージュに憤懣を解消する手段に出る。

かくして芥川は、小説を物語として死守することとなる。同時代に多くの読者を獲得した久米正雄の失恋小説は、二十一世紀の今日、読者を失っている。他方、「羅生門」をはじめとする芥川の虚構小説は、依然色あせない。自己の体験をそのまま暴露するのでなく、〈現実の転位〉として短編小説化することを、芥川は失恋事件という大きな代償を払って獲得したことになる。それゆえに彼の小説は、没後八十年を経て再評価・再発見されるという栄光を担い、多くの若者の学習材にまでなっているのである。

二　自立への歩み

謀叛

「羅生門」は謀叛を盛り込んだ小説である。ここで本書第Ⅰ章の「四　謀叛の精神」を思い出していただきたい。そこでは徳冨蘆花の一高での演説「謀叛論」をめぐっての情況を詳説した。わたしは同世代共通の謀叛の精神にふれ、「一九一〇年代に生きた知的青年の思想形成過程は、いまや「謀叛論」を抜きにしては語れない」と書いた。ここでようやく芥川小説とのかかわりで、そのことにふれる機会が訪れたのである。

芥川龍之介は、過去の芥川論が築いてきた時代や社会に無関心な青白きインテリ、か弱い芸術至上主義者では決してなかった。彼は若き日から誠実に現実の問題を見つめ、それを作品世界に盛り込もうとした作家であったのだ。それは「羅生門」を熟読するだけでも感じることができる。「羅生門」（特に初出形）には、全編に熱気が漂うではないか。「羅生門」に見られる謀叛の精神は、書き手である芥川の思想上の、さらにいうならば実生活上の課題であったのだ。「羅生門」を端《はな》から、自殺した作家の暗い陰鬱な作品だと考えてはならない。

謀叛の精神は、実は中学時代からの芥川龍之介を魅了してやまないものであった。「羅生門」以前の芥川の初期文章を見ると、中学時代の作品に「義仲論」があるのに気づく。四百字詰原稿用紙九十枚ほどの人物論で、力作評論と言ってよいであろう。これは芥川が在学した府立三中の『学友会雑誌』第15号（一九一〇・二・一〇）に載ったものである。

府立三中の『学友会雑誌』は、歴史がある。創刊は学校創立の一九〇一（明治三四）年十二月である。内容は学友会と呼ばれた生徒会の記録のほか、「講演・論説・研究・創作に加えて学校・学年だよりもあって、多彩な内容の総合雑誌」（『両国高校八十年』両国高校八十周年記念協賛会、一九八二・三）で、年二回発行されていた。

ここにはいくつもの芥川の初期文章を見出すことができる。が、24巻本仕立ての現全集にも依然収録されないものが多い。わたしの調査では、芥川は『学友会雑誌』に十四作品を載せており、そのうち十一作品が未収録である。幸い「義仲論」は、戦前の元版全集以来収録されており、簡単に読むことができる。

河合榮治郎の「項羽論」

ところで、わたしは府立三中の後身、東京都立両国高等学校資料室で、これらの芥川初期文章のすべてに目を通すことができた。その際に彼の先輩・同級生・後輩の文章も自然目にとまった。特に芥川の二年先輩に当たる河合榮治郎の全集未収録の「項羽論」（第11号、一九〇七・一二・一二）を見出した時、芥川の「義仲論」という、中学生には稀な力作人物論が孤立して存在したのではなく、府立三中という学校の歴史の中から生まれたものであったことを知った。

府立三中の『学友会雑誌』には、文才のある中学生の文章が競うように載っている。芥川の「義仲論」に大きな影響を与えた河合榮治郎の「項羽論」もその一つ。これは『学友会雑誌』の巻頭「論説」欄に載ったものだ。「論説」欄には、しばしば人物論が載る。例えば芥川の同級生の田中辰二（後年五高教授）は、第14号（一九〇九・七・二三）に、大坂夏の陣に戦死した武将を取りあげた「木村重成論」を寄せている。明治の中学生には、人物論は己の理想を語るのに都合のよい舞台であったようだ。

さて、「項羽論」は四百字詰原稿用紙にして約四十六枚ほどのものである。論は「人若し支那史を読みて、項羽が僅に数万の兵を以て、秦軍四十万を鉅鹿《きょろく》に敗るに至り而《しか》して後彼が四面楚歌の内泣いて虞姫に別るゝに至らば、いかなる感慨をば生ずべき余は彼がために一滴の哀涙を禁じ得ざるものなり」にはじまる。徳富蘇峰の文体の影響を感じさせる。河合榮治郎は、ここに格調高く英雄項羽を論じる。続いて「楚に呱々《ここ》の声をあげてより烏江の畔自ら首はぬるに至るまでに実に三十一年而して嗚呼《ああ》彼れ論ずべきものありや、曰《い》はく多くを有す」と、その執筆動機を示す。

河合榮治郎は、劉邦と比較しながら項羽を論じる。そして「彼は烏江のあたり風寒く水冷き所英魂空しく仆《たふれ》る」「然り彼の歴史は蹉跌《さてつ》の歴史にして彼の一代は失敗の一代なり」と高らかに敗者を称える。「項羽論」は、河合榮治郎を論じるとき、はずすことの出来ない重要なテクストなのである。力作であることは、誰にも異存がないところだろう。中学生河合榮治郎は、「浮世の功名利達に逡巡する輩よ汝は遠く去れ。名利を外に花の活動をなさんこそ男児の本領と云ふべけれ」と宣言し、「嗚呼我れは劉邦となりて栄えんよりも項羽となりて死なんかな」と自己の考えを高らかに述べる。それは戦闘的自由主義者河合榮治郎の生涯かけての高らかな理想であったのだ。「項羽論」に描き出された項羽の短い生涯は、河合榮治郎の短い生涯にも重なってくる。

義仲への共感

一方、芥川は「義仲論」に、「革命の健児」としての木曾義仲を高らかにうたいあげるようにして描き出す。論は「一　平氏政府」「二　革命軍」「三　最後」の三章立ての序破急構成をとる。芥川は義仲をまず「情の人」と言い、その自然人のような情熱を高く買う。

「一　平氏政府」では、平氏が惰眠に耽っている間に時勢は革命の気運に向かい、源頼政の反乱を呼び、「今や平家十年の栄華の夢の醒むべき時は漸《やうやく》に来りし也」で結ばれる。破に相当する「二　革命軍」では、木曾義仲の故郷と生い立ちにはじまり、旭将軍として大義を四海に唱えて六波羅に迫るまでが描かれる。義仲の出自を記す芥川は、「彼のローマンチックなる生涯」が木曾の渓谷に育ったことにあるとする。

義仲は「情の人」であり、頼朝の無法な言いがかりに対しても、その子義高を人質として送り、挑戦に応じない。義仲は革命軍の白旗をなびかせ、京師に向かう。かくて「革命の激流は一瀉千里、遂に平氏政府を倒滅せしめたり」となる。この章の終わりに芥川は、「平氏は、遂に、久しく予期せられたる没落の悲運に遭遇したり」と書き、「ふるさとを焼野のはらとかへり見て末もけぶりの浪路をぞゆく」のうたをおく。歴史の論文でありながら、文章は抒情性を失わない。

「三　最後」では、義仲への共感が高らかにうたいあげられる。木曾冠者義仲は長年夢見た京に入り、得意は頂点に達する。が、「彼は成功と共に失敗を得」る。京は彼の住む地ではなかったのである。「剣と酒を愛する北国の健児」は、兵糧の欠乏と共に掠奪に走り、「京洛の反感と冷笑」を買う。天下は彼らを指して、「平氏にも劣りたる源氏なり」と嘲笑する。やがて義仲は行家に裏切られ、後白河法皇の義仲追討宣旨《せんじ》の前に、その命運は定まり、粟津の原の露と消える。

義仲最後を綴る彼の筆は冴える。漢語を基調とした表現力は抜群である。芥川は義仲を何度も「情の人」だと言い、その自然人のような情熱を買っているのだ。それは河合榮治郎が「項羽論」で、項羽を「感情の人」と言ったこととどこか通じる。歴史にのっとっての叙述に自己の想いを託すという手法は、なかなか見事である。

芥川の「義仲論」は、河合榮治郎の「項羽論」の強い影響下に成ったものである。「三　最後」の後半は、芥川の義仲讃の文章と言ってよい。

「項羽論」への挑戦

芥川は木曾義仲を「時勢の児」「革命の健児」「赤誠の人」「熱情の人」「野性の児」だと言う。そして「彼は遂に時勢の児也。鬱勃《うつぼつ》たる革命的精神が、其最も高潮に達したる時代の大なる権化也」、「彼は真に革命の健児也。彼は極めて大胆にして、しかも極めて性急也」といった短い的確な形容で、その人間的魅力を語って止まない。終わり近くで芥川は義仲を評して、「彼の一生は失敗の一生也。彼の歴史は蹉跌の歴史也。彼の一代は薄幸の一代也。然れども彼の生涯は男らしき生涯也」と義仲の一生に、最大の共感と満腔の讃辞を呈している。

河合榮治郎は「項羽論」で、「然り彼の歴史は蹉跌の歴史にして彼の一代は失敗の一代なり」「名利を外に花の活動をなさんこそ男児の本領と云ふべけれ」と書いたが、その叙述は「義仲論」にほぼそのまま生かされ、用いられている。「彼の歴史は蹉跌の歴史」とは、「項羽論」と「義仲論」に共通する言説であった。

「義仲論」は、河合榮治郎の「項羽論」に学びながら、歴史上の人物である木曾義仲に託して、当時の自己の想いを吐露したものとしてよいだろう。しかも芥川は、「項羽論」に挑戦するかのように「義仲論」を書いているのである。これは当時学内でも評判になるほどの見事なものであった。『学友会雑誌』第18号（10周年記念号、一九一一・六・二八）の「雑誌部史」には、「第十五号の芥川龍之介氏の「義仲論」は稀に見る逸品也。文辞体裁共に範を河合氏の「項羽論」に採ると雖、筆力の縦横と、流麗なる神韻とは却つて彼に優る。特に義仲が最後を叙し、人物を評するあたり、凡手に非ず」とある。

芥川龍之介の描いた木曾義仲は、むろん歴史上の人物そのままではなく、彼が造型した人物であった。「怒れば叫び、悲しめば泣く」山間の野人、木曾義仲は、若き芥川がそうありたいと願った人間らしい人間であった。彼は義仲のような「何等の衒気」も「何等の矯飾」もなく生きた人間にあこがれた。先輩河合榮治郎が項羽を論じて、功名利達に走らず、「劉邦となりて栄えんよりも項羽となりて死なんかな」と叫んだように、芥川も義仲を論じて、まわりの眼を気にせず生きる、自己確立の思いを述べるのである。また、「彼の一生は短かけれども彼の教訓は長かりき、彼の燃したる革命の聖壇の霊火は煌々として消ゆることなけむ」「彼が革命の健児たるの真骨頂は、千載の後猶残れる也」と革命の健児としての義仲を称える。

芥川龍之介は周囲のさまざまな閉塞状況の打破を、木曾義仲像の造型による虚構の世界で試みていたとしてよいのだ。それは、やがて一高時代に接することとなる蘆花の「謀叛論」と響き合うものでもあった。

第Ⅰ章で扱った徳冨蘆花の演説「謀叛論」は、謀叛のすすめでもあった。蘆花は言う。「謀叛を恐れてはならぬ。謀叛人を恐れてはならぬ。自ら謀叛人となるを恐れてはならぬ。新しいものは常に謀叛である」「生きる為に常に謀叛しなければならぬ。自己に対して、また周囲に対して」と。蘆花のこの訴えは、芥川にも届いていた。すでに述べたように、芥川に蘆花演説を聞いたという資料はない。が、第Ⅰ章でくわしく述べたように、芥川一人が一高あげての騒ぎに、ひとり圏外にあったと考えることはできない。

「謀叛論」的なるものへの共感

芥川は右に見たように中学時代の文章「義仲論」で「何等の矯飾」もない自由な人間にあこがれた。また「義仲論」と同じ頃に書かれたと推定される「日光小品」では、足尾銅山の労働者のたくましい姿に共感を示していた。「日光小品」は和紙に紙とじで表紙とも十枚、毛筆で書かれている。実物は岩森亀一コレクションを経て、現在山梨県立文学館所蔵となっている。生前未発表であり、竹内眞の『芥川龍之介の研究』(大同館書店、一九三四・二)に、はじめて活字化され、収録された。

紀行文のスタイルをとり、栃木県日光の大谷川《だいやがわ》・戦場ケ原・裏見ケ滝・中禅寺湖・足尾などを描く。紅葉も終わりに近い晩秋のわびしい景色をとりあげながら、自身の荒涼とした想いを重ねるという手法をとる。足尾銅山について書いた章が特に注目される。そこに見られるものは、「謀叛」なるものへの共感である。「日光小品」で芥川は、形骸化したもの、盲目的なもの、無知なものを打破し、真理をつかまなければならないと考えている。その実践には〈冷な眼〉を捨て去り、〈温き心〉で向かって行かなくてはならないと主張する。現実の寂寞とした生活を変革する媒体として、未来を志向する情熱の媒体として、芥川龍之介は木曾義仲や足尾の労働者に目を向けてきた。そうした中で蘆花の「謀叛論」にふれ、〈反逆の論理〉を深く心に留めることとなる。それは虚構作品である「羅生門」の主人公、下人が実行行為に及ぶ際に持ち出した論理であった。

ここで「謀叛論」と「羅生門」との間には、時間的に五年の間隔があるではないかと問う人が必ずいるに違いない。現にそういう質問に接したことがある。それに対してわたしは、「謀叛論」が当時の一高生にいかに大きな影響を与えたか、それがはるかな時を経てよみがえっている例を、すでにくわしく述べてきた。一、二の例を再び持ち出すなら、松岡譲の「蘆花の演説」(『政界往来』一九五四・一)は、四十年以上を経ての記録であった。また、蘆花の演説を主催した一高弁論部の河上丈太郎の思い出「蘆花事件」(『文藝春秋』一九五一・一〇)が発表されたのも、ずっと後の第二次世界大戦後のことであった。それに比べると芥川の「羅生門」は、わずか五年の隔たりである。

芥川の「羅生門」は、蘆花の「謀叛論」を媒介として、それまで秘めていたエネルギーが一気に爆発して成ったものと言えようか。彼は〈謀叛のすすめ〉を見事に形象化したのである。以後、芥川における謀叛の文学精神は、彼の多くの作品に水脈化してゆく。「忠義」「地獄変」「将軍」「桃太郎」「河童」、さらには随想「芸術その他」、紀行文『支那游記』にさえそれを見ることができる。そこには困難な状況と格闘する誠実な人間の営為がある。

三　一九一五年秋

黙殺された「羅生門」

「まえがき」でもふれたように「羅生門」は、二〇〇七（平成一九）年に改訂された高等学校国語教科書『国語総合』二十六種のすべてに採用されている。いまや国民教材としての地位を獲得したことになる。が、発表当初はまったく注目されなかった。発表翌月の一九一五（大正四）年十二月号『新潮』の匿名批評（青頭巾）が「一寸面白い短篇」と、わずか七文字でふれたに過ぎなかったのである。無理もない。芥川はいまだ満二十三歳、無名の一大学生だったのだから。

芥川によると「多少得意の作品」だったにもかかわらず、「新思潮連には評判が悪かつたものです。成瀬が悪評の頂本《ママ》だつたやうに想像してゐます」（江口渙宛、一九一七・七・一、消印三日）とのこと。また、「あの頃の自分の事」（『中央公論』一九一九・一）では、発表当時を振り返り、当時の文学仲間であった久米正雄や松岡譲や成瀬正一が「口を揃へて悪く云つた」とある。さらに、共に才気を認めあった「赤木桁平すらも黙殺した」（「小説を書き出したのは友人の煽動に負ふ所が多い」『新潮』一九一九・一）という。作品のこのような評判は、自尊心に富んだ若き芥川龍之介には、口惜しいことであったに違いない。右の「成瀬が悪評の頂本《ママ》だつた」という記載は、近年「成瀬日記」の出現で、その内実が明らかになった。

成瀬正一の批判

「成瀬日記」によると、一九一五（大正四）年十一月二十日の夕刻、芥川と成瀬は、東大の赤門前で歩きながら次のような会話を交わしている。「羅生門」が『帝国文学』に載った直後のことである。成瀬が「かくさずに率直に云ふが」と語り、口火を切る。

「君の書くものはどうも私には物足りない。君の作物だけで君を想像したらあまりよくはない。併し私も君をよく知つてゐるが、君はもつといゝものを書ける筈だと思ふ。私はいつもそう思ふ」

「それはそのとほりだね」

「私は時々君のものをよんで、私でも君よりよく書けると思ふことがあるぜ。併しそんなことは君が信じても信じなくてもいゝことだがね……」

この時彼は急に「そりや信じないね」と私の言葉をさへぎつた。私は自分の言葉が芥川にどんなエフエクトを与へたかと云ふことなんか考へずに、急に腹が立つて黙つてしまつた。今から考へると、私がこれだけの言葉を吐いた以上私は芥川の言葉に対して怒れた義理ではないのだけれども、その時は可成り癪に障つた。そして心の中に

「貴様はそれでも俺よりいゝものを書けると自惚れてゐるのか」と思つた。

芥川はこういう成瀬の批評を気にして、英語でDefendence《ママ》 for "Rasho-mon"という文章を書き、成瀬に示した。「この物語は、これまで書いた中でもっともよい作品である。心からそう言うことができる」云々と書き出されている。自作を認めてくれなかったことに対する不満を英文という別次元の言語に託したものであった。その下書き断片が山梨県立文学館に収まった芥川資料岩森亀一コレクションに見出せる。

一年半後、この作品名をそのまま題名とした第一創作集『羅生門』（阿蘭陀書房、一九一七・五）を編んだ際、巻末に添えた「羅生門の後に」という後記（初出は『時事新報』一九一七・五・五）に、彼が次のように書きつける心情も、以上のような状況をふまえるとよく理解できるというものである。

> 発表後間もなく、自分は人伝に加藤武雄君が、自分の小説を読んだと云ふ事を聞いた。断つて置くが、読んだと云ふ事を聞いたので、褒めたと云ふ事を聞いたのではない。けれども自分はそれだけで満足であつた。これが、自分の小説も友人以外に読者がある、さうして又同時にあり得ると云ふ事を知つた始である。

失恋事件を逆手に

一九一五（大正四）年秋の芥川龍之介は、失恋の痛手から徐々に立ち直っていた。事件後半年、彼はそれを逆手にとって、文学的エネルギーに昇華させていたのである。失恋事件をめぐる養父母や伯母フキへのやり切れない思いは、創作に没頭することで癒されていく。芥川の前半生において、創作にもっとも豊かに燃焼する時期が訪れるのである。芥川の回りには、互いに刺激し合い、伸びようとする仲間がいた。特にこのあと第四次『新思潮』同人として、共に創作を競うこととなる成瀬正一・松岡譲・久米正雄との交流が目立つ。

松江から帰った翌月、九月上旬には、大学に入って急に親しくなった成瀬の逗子の別荘（逗子町字新宿二三五五―一二）に出かけ、数日滞在している。松岡譲に宛てて逗子から出した芥川の絵はがき（成瀬と寄書き、一九一五・九・八付）の一節に、「己は今こゝで成瀬の世話になつてゐる。毎日梨を食つたり海へはいつたり本を二三頁よんだりする」（一九一五・九・八付）とある。芝区白金三光町の成瀬の本宅にもしばしば行っている。英文科の講師松浦一の自宅を成瀬と訪問したのは、この年春の四月七日のことであったが、秋、松浦は講義ノートをまとめた文学論『文学の本質』（大日本図書、一九一五・一二）を刊行すると、芥川と成瀬に贈っている。この年十二月六日の「成瀬日記」に、この本の感想が記入され、「学生で貰つたのは、私と芥川だけである」とある。芥川は翌年一月十二日の『読売新聞』「読売文壇」欄に、「松浦一氏の『文学の本質』について」という好意に満ちた書評を載せる。

芥川をめぐるこの時期の仲間の様子を摘記しておこう。一高時代、家の問題で悩み抜き、神経衰弱に陥って休学し、芥川らに一年遅れて大学に入った松岡譲は、この年五月九日、四つ違いの弟善作の突然の死に遭遇し、自己の歩みが反省させられていた。善作は兄の影響で創作にもかかわり、『虎嘯《こしょう》』という同人雑誌を地元長岡の青年教師たちと出しており、志半ばの死であった。松岡は弟の遺志を継いで、『兄弟』という回覧雑誌を弟の友人らと創刊する。先にふれた芥川の一幕物小戯曲「暁」は、この雑誌の一九一六（大正五）年四月号に載った。執筆は一九一五年秋、十月である。「羅生門」とほぼ同時期の作品だ。松岡と芥川は、向上の意欲に燃え、互いに刺激し合っていたのである。

刺激し合う仲間

芥川の「あの頃の自分の事」（『中央公論』一九一九・一）は、事実の先後関係という点になるとかなりあやしい。が、当時の出来事やおよその雰囲気をよく伝えている。そこでは一九一五（大正四）年秋の彼らの熱に浮かされたような創作への思いを語っている。ここに一九一五年十一月十日付で、東京市本郷区森川町一の久米正雄から神奈川県逗子町の海岸沿いにあった成瀬別荘にいた成瀬正一と松岡善譲（注、松岡譲の本名）の両名に宛てて出された手紙がある。松岡譲の遺族宅に保存されていたもので、当時の彼らの向上の意欲を伝える一等資料である。私は『評伝松岡譲』（小沢書店、一九九一・一）で、その全文を紹介した。

それは張りのある生活を求め、互いに刺激し合って向上したい、愚図愚図してはいられないという気持ちのみなぎった手紙である。芥川と出席した、英文科主任ローレンスの教授方針攻撃の英文科の会のこと、『白樺』の連中にあやかり、二、三日に一度は会い、灼熱したいということ、矢代幸雄という新しい友を得て、うれしかったこと、「金井博士と其子」を書きあげ、出来上がりの興奮に浸っていること、松岡が逗子海岸の成瀬別荘に百枚もの原稿用紙を持って行ったこと、芥川もますます創作へ身を乗り出すようになったこと等々、ここには第四次『新思潮』創刊前夜の久米正雄とその仲間たちの近況が生き生きと綴られていて、何とも興味深いものだ。末尾には、「此処で遊んでゐる奴らは皆あとへ残して了ふぞ。山宮君（注、山宮允）などはもう僕らと段の違つた人間になつて了つた。無刺激と云ふものは恐ろしいものだ」ということばが見られる。これは久米とその仲間の自信と意欲であろうか。彼らは向上の意志に燃え、互いに刺激し合っていたのである。

一九一五年秋の久米正雄・松岡善譲・成瀬正一らは、一高時代とはかなり違っていた。否、前年の第三次『新思潮』時代から見ても違っていた。彼らは以前の享楽時代に別れを告げ、互いに励まし、刺激し合って、目の色変えて勉強しようとしていたのである。今、遊んでいたら取り残されるとの思いで、彼らは日々を過ごしていた。松江から戻り、新たな創造に衝き動かされていた芥川が、熱誠をもって創作に向かおうとする彼らに友情を見出して行くのも、極めて自然な成り行きであった。彼の初期小説の〈受胎〉も、彼らとの交流抜きには語れない。

熱気

久米正雄の成瀬と松岡に宛てた右の書簡の日付、一九一五年十一月十日は、互いに刺激し合い、伸びようとする彼らの交流の一のピークを示す日付なのである。当時京都帝国大学文科大学にいた菊池寛を除く、のちの第四次『新思潮』同人、――芥川・久米・成瀬・松岡らの交友関係は、真剣で、かなりの緊張感を湛えたものだった。「俺は少くとも始終歩むでゐると云ふ事だけは思ひ知らしてやる」という久米の意気は、成瀬のものでも、松岡のものでも、そして芥川のものでもあったのである。そこには何かを求めて止まない灼熱の気があった。それはまさに第四次『新思潮』創刊前夜の熱気であった。その熱気は成瀬や久米の便りで、遠く京都の菊池寛にまで届いていた。

久米正雄の成瀬正一・松岡善譲両名宛手紙が投函されたほぼ一週間後の一九一五（大正四）年十一月十六日、芥川龍之介は久米正雄に一通の手紙を送っている。この時期の芥川の交友関係や創作への意欲を知ることのできる貴重な書簡だ。長い便りである。幸い全集に収録されている。この便りには、創作上の先人久米正雄への熱い目差と、当時の芥川をめぐる交友関係がよくうかがえる。すでに「牛乳屋の兄弟」（第三次『新思潮』一九一四・三）や「三浦製糸場主」（『帝国文学』一九一五・四）などのすぐれた戯曲を発表していた久米は、創作においては仲間の先輩格といってよく、芥川に一目置かせるものを持っていた。この手紙には、「僕はすべての人間を軽蔑するだけそれだけ君を尊敬する」とか、「僕は君を尊敬し同時に君を恐れる」といったようなことばも見られる。

先にあげた芥川の「あの頃の自分の事」は、右の手紙が書かれ、投函された時期を扱ったものであるが、そこには「実際自分の如きは、もし久米と友人でなかつたなら、即ち彼の煽動によつて人工的にインスピレエションを製造する機会がなかつたなら、生涯一介の読書子たるに満足して、小説なぞは書かなかつたかも知れない」とまで言っている。久米正雄は、この場合仲間の代表者の位置づけと考えてよいだろう。当時の彼の回りには、学校を越えて、早稲田の日夏耿之介・西條八十ら同人雑誌『仮面』の連中もいた。

久米宛の右の芥川書簡は、一九一五年秋の芥川の心意気をよく語っている。書簡中に「僕たちを驚かさないやうな物を書いてゐる中に誰も驚かさないやうな物を書くほど堕落する」と松岡が言い、それに対して芥川が、堕落するかも知れないが、「その堕落は僕から云はせれば彼等にすら理解されないプロダクションを出すと云ふ事だまして一般人には当然理解されないプロダクションを出すと云ふ事だ」と応じている箇所など、その典型である。単なる「センティメンタルな感動」（芥川）に終わらないものがある。先の久米の書簡同様、一種の熱気が満ちている。これまた第四次『新思潮』創刊前夜の熱気であった。

一九一五年秋の芥川最大のドラマは、夏目漱石との出会いである。が、その前にどうしてもふれなくてはならないのは、芥川をはじめとする第四次『新思潮』同人とロマン・ロランとのかかわりである。

四　『新思潮』創刊前夜

『ジャン・クリストフ』

芥川龍之介に「ジアン、クリストフ—余を最も強く感動せしめたる書—」（『新潮』一九一六・一〇）というエッセイがある。そこで芥川は、「「余を最も感動せしめたる書」といへば、ジアン・クリストフです。何でも始めて読んだ時は、途中でやめるのが惜しくつて、大学の講義を聞きに行かなかつた事が、よくありました。さうして朝から晩まで、読みつゞけに読み通すのです。其時は例の Durch Leiden Freude と云ふ心もちに大へん感激させられてしまひました」と書いている。

芥川が『ジャン・クリストフ』に出会ったのは、一九一四（大正三）年の春から夏にかけての頃であった。芥川は一九一四年の十一月になっても、原善一郎宛書簡（一九一四・一一・一四付）で、「此頃はロマン・ロオランのジヤン・クリストフと云ふ本を愛読してゐます」と言っているので、その愛読期間はかなり長かったようだ。

ロマン・ロランは明治末年から日本に紹介されていたが、この年五月号の『中央公論』には、中沢臨川の「文芸評論　ロマン・ロラン」が載るなど、その評価は高まる一方であった。大正期の理想主義の風潮の中で、ロマン・ロランには若い人々の心をとらえるものがあったのである。一九一六（大正五）年三月十八日の日付で、新潮社から刊行されているロマン・ロラン著・成瀬正一訳『トルストイ』の「序」に、「ある時、友の芥川龍之介君が私に一書を示した。それはこの訳書の原著者なる、ロマン・ローラン氏の「ジヤン・クリストフ」であつた」との文章を見出すことができる。この文章を含む前後の文脈からすると、「ある時」とは、成瀬がメレジコフスキーやビルコフの『トルストイ伝』を読んで感動した一九一四（大正三）年の春以後のことになる。

また、一九一四年九月一日発行の第三次『新思潮』に寄せた成瀬の「海岸の日記より」には、「読みかけのローランのクリストフを机の上に置いてぼんやり外を眺めて居ると」云々の一節があり、右の『トルストイ』の「序」と照応している。これを「成瀬日記」で補強すると、成瀬が『ジャン・クリストフ』の第一巻を読み終えたのは、一九一四年七月九日である。「大なる〳〵同感を以つて始終緊張して読む事が出来た」と彼は記している。同二十一日、第二巻を読み終え、「Jean Christophe の第二巻を読み終つた。私は何度も〳〵感激の涙を頰に流しつゝ、読んで行つた」との感想を懐く。第三巻は同七月二十九日の夕方に読み終え、すぐ第四巻に入っている。全四巻を読み終えたのは、八月八日前後のことである。

ラッフでも力のあるもの

芥川が『ジャン・クリストフ』の第一巻を読み始めたのは、成瀬のロラン受容から逆照射して、この年の初夏、まだ大学の授業の続く五月末から六月のはじめにかけてのことととなる。おそらく途中まで読んだところで、成瀬に感動を伝えたのであろう。『ジャン・クリストフ』は、「ラッフでも力のあるものが面白くなつた」（井川恭宛、一九一四・一一・三〇付）という、この時期の芥川に訴えるものが多かった。それはマチスやゴッホの絵への共感とも重なっていた。彼はロランを通し、トルストイも読みはじめる。この時期を「ロランに導かれてトルストイの大いなる水平線が僕の前にひらけつゝ、ある時」（井川恭宛、一九一五・二・二八付）とも芥川は言う。ロマン・ロランの『トルストイ』や『ミケランジェロ』は、彼の心をとらえて放さなかった。生命力あふれるものへのあこがれは、この時期の芥川を強く支配しており、それがロマン・ロランへの傾倒となったと言えようか。

芥川や成瀬が読んだ英訳『ジャン・クリストフ』は、ジルバート・カナン訳のものであった。それは成瀬がはじめてロランへ便りを出した時に、「ジルバート・カナンの英訳で『ジャン・クリストフ』を拝読し」とはっきり書いていることだ。一九一四（大正三）年当時は、まだ日本語訳はなかったのである。成瀬から『ジャン・クリストフ』を勧められて読んだ松岡譲は、前年の一九一三（大正二）年に英語訳が出版されたと後年回想している（「若き日―『新思潮』時代の思ひ出―」『文学クラブ』一九四九・一二）。芥川の府立三中の先輩にあたる後藤末雄による日本語の完訳は、一九一七（大正六）年一月から翌年三月にわたり、国民文庫刊行会から出版されている。

ちなみに、今日岩波文庫に収録され、名訳として誉れの高い豊島与志雄訳の初稿『ジャン・クリストフ』の第一巻が新潮社から出るのは、一九二〇（大正九）年九月であり、全四巻の完結は一九二三（大正一二）年六月のことである。

そのころ芥川と成瀬は、毎日のように会っては向上の意欲を語り合っていた。そうした時の話題の一つが、『ジャン・クリストフ』であったことは言うまでもない。二人はこの本を賞賛して止まなかった。芥川の「あの頃の自分の事」には、「自分と成瀬との間には、可成懸隔てのない友情が通つてゐた。その上その頃は思想の上でも、一致する点が少くなかつた。殊に二人とも、偶然同時にジアン、クリストフを読み出して、同時にそれに感服してゐた。だからかう云ふ時になると、毎日のやうに顔を合わせてゐる癖に、やはり話がはづみ勝ちだつた」という一節もある。

成瀬とロマン・ロラン

一九一四（大正三）年夏、ジルバート・カナンの英訳で『ジャン・クリストフ』を読み、その虜となった成瀬正一は、以後同じ著者の『ベートーヴェン』や『ミレー』や『トルストイ』を取り寄せて読むことになる。彼は熱烈なロマン・ロランファンになっていた。これらの書物から受けた感動を、成瀬は芥川や松岡に語った。彼は仲間に語るだけでは満足できず、ついに「敬愛し愛慕して措かないロオラン氏」（訳書『トルストイ』「序」）に手紙を出すまでになる。

彼は山田キク（後年キク・ヤマタの名でフランス文壇で活躍）の手助けを受けて、フランス語の勉強をかねて『ジャン・クリストフ』の感想をしたためた便りをロランに出す。ちなみに山田キクに関しては、矢島翠《みどり》の『ラ・ジャポネーズ　キク・ヤマタの一生』（潮出版社、一九八三・一〇）にくわしい。ロランへの手紙の第一信は、一九一五（大正四）年四月十五日のことである。時は第一次世界大戦の最中であった。『ロマン・ロラン全集』（日本語版にみすず書房版がある）の「戦時の日記」に、この手紙がロランによって書き写されている。

ロマン・ロランは一八六六年一月二十九日の生まれなので、当時満四十九歳、成瀬とは二十六歳の年齢差があった。たまたまスイスに滞在中に第一次世界大戦が勃発し、反戦論を唱えたロランは、祖国フランスに帰れない状況にあった。そうした時だけに極東の一青年の手紙は、彼を励ますことになる。純な感激と打算のない精神に満ちた成瀬正一の便りは、『ジャン・クリストフ』の作家に、深い印象を与えたのであった。

成瀬は六月二十日に二度目の手紙をロランに出し、「……来年、私は東京帝国大学を卒業し、あなたにお会いするためにフランスへとんで行くでしょう。……」と書き、その後もアメリカ留学中を含めて、便りを欠かさなかった。洋の東西や国籍や年齢を越えた、まれに見る深い精神的交流がここに生まれた。ロランはいつも誠実に成瀬に返事を出している。また「戦時の日記」には、「魅力的な若い日本人成瀬正一」（一九一五・八・一五）と書き、成瀬の手紙の多くを書き留めることになる。

『トルストイ』の翻訳

ロマン・ロランの『トルストイ』（*Vie de Tolstoi*）を翻訳し、新しく出す雑誌の刊行資金に当てようとの考えが、成瀬正一の頭に浮かんだのは、ロランとの間に幾度かの書信の往復があった後のことである。「成瀬日記」にはじめて『トルストイ』翻訳に関する記事が顔を出すのは、一九一五（大正四）年十二月十八日の日付だ。「私は愈々芥川と協力して **Romain Rolland** の *Tolstoi* を日本語に翻訳することになつた。翻訳ができたら新潮社から出版する筈だ」とある。

当初成瀬は学問的に信頼のできる芥川と二人で、この仕事をしようとしていた。が、時間のないことや仲間意識をもりあげる意味もあって、最終的に久米正雄と松岡善譲を加えた四人の仕事となった。翻訳は四人が英訳本から分担訳出し、当時山田ハナ（キクの妹）からフランス語を習っていた成瀬が、フランス語の原典に当たっていちいち確かめるという方法をとった。

第一次世界大戦中の日本は、人道主義ブームともいってよい風潮があり、トルストイ熱は全盛をきわめていた。徳冨蘆花のトルストイヤンはよく知られたところだが、武者小路実篤をはじめとする白樺派の人々のトルストイ傾倒ぶりも目立っていた。若き広津和郎も例にもれない。新潮社からは『トルストイ研究』という月刊雑誌まで出ていた。それゆえ新しい雑誌を出すための資金稼ぎには、もってこいの代物だったのである。ロランの『トルストイ』は、白樺派の長与善郎や柳宗悦などを感激させた作品であり、『白樺』衛星誌の『ラ・テール』（一九一五・一一創刊）には、福士幸次郎の訳文が連載されはじめたところであった。

成瀬の『トルストイ』への熱烈な打ち込みは、芥川らを巻き込んで、訳本刊行へとつっ走る。成瀬がロマン・ロランに『トルストイ』の翻訳許可を求める便りを出したのは、一九一五（大正四）年の暮れも押し詰まった十二月二十一日のことである。山田キクに訂正してもらった下書きをていねいに清書して投函した。

成瀬正一の筆跡は、日本語もヨーロッパ諸国語も丁寧に書かれていることもあって読みやすい。ジュネーヴでこの手紙を受け取ったロランは、「戦時の日記」に「わが日本のかわいらしい友からのきれいな手紙。『トルストイの生涯』の翻訳許可を求めたもの。それは北斎のスケッチを思わせる」との感想をもらし、その手紙を書き写している。いまみすず書房版の村上光彦訳で読むと、散文詩のような文章である。

ロマン・ロランは、この手紙に快く承諾の返事を書く。それは訳書の巻頭を飾ることになる。「若し貴下が、私の『トルストイ』を日本語に翻訳なさりたいなら、喜んで翻訳権をあげます。併し出版した本屋へもさう云ふ必要がありますけれども、貴下の煩雑を避けるため、私が一切交渉してあげます」（成瀬正一訳）というありがたい返事であった。

芥川担当の章

『トルストイ』の翻訳は、全十八章の大部分を成瀬が受け持ち、芥川・久米・松岡の三人は、各自二章を担当した。厳密に言うと共同訳である。

こうした例はすでにゴーチェ・久米正雄訳『クレオパトラの一夜』（新潮社、一九一四・一〇）でも試みられていた。作業はジルバート・カナンの英訳からの重訳であり、成瀬のフランス語との対照には、山田キクが助力した。さらに彼らの一年先輩でフランス文学を専攻した豊島与志雄に見てもらっている。そのことは「序」に成瀬が、「翻訳に就いて、多くの友人諸君の世話になつた。特に仏蘭西婦人を母君とせられる山田菊子嬢は、煩雑も厭はず丁寧に難解な所を教へて下さつたし、豊島与志雄氏も、多忙な時間を割いて原稿を見て下さつた。その他芥川龍之介、久米正雄、松岡善譲の三氏は、手を分けて英訳書と原稿とを対照して下さった」と書いているところだ。

各自はそれぞれどの章を担当したのであろうか。これには松岡と久米に回想がある。松岡は「若き日―『新思潮』時代の思ひ出―」（『文学クラブ』一九四九・一二）の中で、自分は仲間から宗教や哲学に興味があると見なされていたので、「我が宗教」の章と日露戦争時代の非戦論の章という一番厄介なところを振当てられたと言う。一方、久米は「今昔」（『文藝春秋』一九二五・四）で、この訳書に触れ、「翻訳料は幾らだつたか正確には覚えてゐない。何でも、二十五銭か三十銭だつたと思ふ。それで、大部分は成瀬がやり、芥川が「アンナ・カレニナ」と「晩年」かの章を手伝ひ、僕が「戦争と平和」か何かの章を下訳したのだ」と回想する。

久米正雄の証言に見られる芥川の担当部分とされる「アンナ・カレニナ」と「晩年」は、成瀬正一訳『トルストイ』の見出しでは、「アンナ・カレニン」と「老年」である。四百字詰原稿用紙にして前者が十六枚、後者が三十四枚、計約五十枚である。久米は右の文章に続けて、「だから芥川が死んで、全集を出すとしたら、右の章、及び僕の「クレオパトラの一夜」の「クラリモンド」は、彼の翻訳文中に入れて然るべき事を、茲《ここ》に公言して置こう」と記している。

が、現芥川全集には「クラリモンド」は入っているが、「アンナ・カレニン」と「老年」は、収録されていない。一九一六（大正五）年一月十五日付井川恭宛芥川書簡に、「翻訳は、日限が迫つてゐるから毎日勉強してやつてゐる　廿日迄にしあげる事が出来るつもり」とある。また、「手帳」の一九一六年と思われる箇所に、「一月二十二日。成瀬へトルストイを送る」とあり、この仕事が「鼻」の執筆（脱稿、一九一六・一・二〇）と重なって進行していたことがわかる。

訳書『トルストイ』

訳書『トルストイ』は、新潮社から成瀬正一の名で、一九一六（大正五）年三月十八日に刊行された。小型の本（17×12㎝三五〇頁、定価九五銭）ながら、装幀なども見栄えがし、造本もしっかりした美本である。

各紙（誌）がこの翻訳を採り上げ、好意的に評している。『読売新聞』（一九一六・四・二四）の「新刊紹介」は、「近時評判の「トルストイ伝」を仏蘭西の原著第四版より英語を参照して誠実に訳したるもの、旧版になかりしトルストイの遺作の一篇を附録とす（中略）、其忠実なるは推賞に価す」と評した。

また『帝国文学』五月号は、「本書はロマン・ロオランのトルストイ論を翻訳したもので、簡潔艶麗なる訳文は能く原著の真相を移植し、読者に翻訳書たるの感を与へないのが本書の特色である。ロマン・ロオランの著作中ミケエランゼロ、ジヤン・クリストフ等の如き二三邦語に訳されたものはあるけれども、訳文渋晦《じゅうかい》粗悪にして一も原著の真意を紹介したものは無いが、本書には怘《こう》した欠点もなく、播読《はんどく》中に厭味《いやみ》を覚えるやうな箇所がない近来の好訳である」と持ち上げた。

成瀬からこの訳書を贈呈されたロランは、母アントワネット・マリー宛書簡（一九一六・六・二八付）で話題とし、「その本は私の肖像を入れて（中略）、それから彼に宛てた私の手紙の複写がのっています。象形文字のその本で私が理解できるのは、もちろん、それだけですが、樹皮に似た箱に入っていてなかなか立派です」（宮本正清訳）と書いている。訳書はロランをも喜ばせたのである。

夏目漱石

一九一五年秋の芥川最大の事件は、夏目漱石との出会いである。漱石との出会い抜きには、彼の文壇的デビューはもちろん、その後の作家生活も語れないと言ってよいほどだ。互いに刺激し合い、向上の意欲に燃えていた芥川とその仲間に、漱石が師として登場するのは、まさに劇的なめぐり合わせであった。手引きをしたのは、仏文科の学生岡田耕三（のちの林原耕三）である。

久米正雄の第二次世界大戦後の回想記「風と月と」（『サンデー毎日』一九四六・一一・一七〜四七・三・三〇）には、一九一五年の秋も深いころ、夕飯を済ませた久米が、夜八時ころ本郷通りを散歩していて岡田に会い、漱石山房での木曜会のことを聞き、その場でただちに自分と芥川とを連れてってくれと懇願したというふうに描かれている。事実もこれに近かったことだろう。初回の訪問は、久米と芥川との二人によって、松岡と成瀬に遠慮するかのようにして行われた。久米が岡田から「あんまり多人数になつても困るが」と言われた時、芥川の名だけを持ち出したのも、前節に言及した久米宛芥川書簡と照応する行動であると考えられ、意味深長である。

ところで、芥川と久米が漱石山房をはじめて訪れた日は、長い間確定できなかった。松岡譲は後年、それを「大正四年の秋十月頃の事」（「『新思潮』回想記」、復刻版『新思潮』別冊「解説」、臨川書店、一九六七・一二・二〇）とするが、前節に示した久米宛芥川書簡が投函された十一月十六日の時点でも、漱石門入りは果たされていない。書簡中に漱石に関する言及がまったくないことからしても、そう考えられるのである。多くの芥川論は、一九一五（大正四）年十二月説をとる。が、これまでも再三援用してきた「成瀬日記」の出現は、芥川と久米の最初の漱石山房訪問日を確定する手がかりを与えるものとなった。

最初の訪問日

ここには結論だけを簡潔に記す。芥川と久米の最初の漱石山房訪問日は、一九一五年秋の十一月十八日、木曜日である。漱石は当時木曜日の午後から夜を面会日に指定していたのである。木曜会の名は、ここに由来する。第二回は十一月二十五日、そして第三回は十二月二日である。この日から松岡譲が加わった。

最近存在の明らかとなった「松岡日記」の当日（一九一五・一二・一二）の記録に、「久米ニ誘ハレテ夏目先生ノ宅ヲ訪問シタ。漱石先生ノ話振リニハ　スッカリ感心シテ仕舞ツタ席上　和辻氏　鈴木三重吉氏ナドガ居タ　赤木トイフ奴ハイヤナ奴ダ」とある。久米はいつまでも芥川と二人だけで漱石山房に通うわけにもいかず、松岡に声をかけたことになる。むろん成瀬正一にも知らせたかったが、成瀬は十一月二十五日から十二月四日まで京都・神戸方面に旅行中であった。

「成瀬日記」には、「十日ばかりの貴重な時間を犠牲にして親孝行をしやうと思つて、母と老た伯母をつれて昨日京都へ来た」（一九一五・一一・二六）とある。熱烈な漱石ファンの成瀬正一が、十二月二日の時点でも山房を訪れていないのは、旅行で東京を留守したためである。彼が山房を訪れるのは、年を越した一九一六（大正五）年の七月下旬、アメリカ留学に発つ寸前のことである。

一九一五年十一月の漱石は、一年後の死を考えると最晩年といってよい時期に当たる。しかし、依然健筆で、文学上の衰えは少しも感じさせない。否、人生の充実した実りがあった。この年の主な著作は、一月十三日から二月二十三日まで、東西の『朝日新聞』に「硝子戸の中」を連載。三月、『輔仁会雑誌』に前年の十一月二十五日に学習院で講演した「私の個人主義」を載せる。六月三日から九月十日まで「道草」を東西の『朝日新聞』に連載となかなか盛んである。余暇には書画と漢詩に親しみ、良寛の書を愛した。そこに晩年の充実した日々があった。

久米正雄とはじめて漱石を訪問した日のことを、芥川は後年「夏目先生」（初出未詳）に回想する。それによると、当日「万歳」ということばがなぜ言いにくいのかという話題が展開したので、芥川が「言葉の響きが出にくいから」という説を言い張ったら、漱石は厭な顔をして黙ってしまったという。芥川は「それ以来、どうも先生に反感を持たれてゐるやうな気がした」と、その印象を語っている。芥川の漱石に対する微妙な感情を語るものである。

芥川とその仲間が漱石山房入りをした当時は、漱石の古い弟子たち、――森田草平・鈴木三重吉・安倍能成・小宮豊隆らの足が遠のき、代わって内田百閒・赤木桁平（池崎忠孝）・江口渙・岡栄一郎・松浦嘉一など、彼らよりほんの少し上の若い世代が常連となっていた。そうしたこともあって後入りの彼らも何等遠慮することなく、すぐ山房の雰囲気になれ、やがては木曜会の花形となっていく。

新しい雑誌

漱石の学識と人格は、彼らをとらえて放さなかった。当時のサークル的雑誌文壇から離れて、東西の『朝日新聞』を舞台に、年間一編の割合で長編を書いていた漱石は、まさに彼らにとって理想の師であった。

彼らと漱石との直接のかかわりは、出会いから翌年十二月九日の漱石の死までの一年余の短い期間に過ぎないが、その影響は大きかった。この後すぐに誕生する第四次『新思潮』

そのものも、漱石の存在抜きには考えられない。芥川の出世作「鼻」は、この雑誌の創刊号に載るのである。

才気に満ちた若い芥川・久米・松岡らの新入りに、漱石は期待し、深く愛するようになっていく。彼らは何度か山房に足を運ぶうちに、話を聞くだけでなく、自分たちの作品を活字にして、漱石先生に見てもらいたい、批評してもらいたいという強い願いにとらわれるようになる。

新しい雑誌発行の気運は、彼らの漱石山房入りと深くかかわっていた。第三次の『新思潮』はすでになく、彼らは創作を『帝国文学』に持ち込んでは、なんとか活字にしてもらっていた。久米の「三浦製糸場主」「金井博士と其子」、成瀬の「二十一の秋」、そして芥川の「ひよつとこ」「羅生門」が載った。しかし、芥川の回想にもあるところだが、「羅生門」でさえも、編集者の青木健作の好意でやっと活字になるという状況だった。彼らは自由に何でも発表できる雑誌がほしかったのである。気運はここに満ちたといってよい。

新しい雑誌を出そうという計画は、少し前に久米正雄が提案していた。久米はそのころ幼なじみの中條百合子（のちの宮本百合子）と恋愛関係にあった。彼は「金井博士と其子」の載った『帝国文学』一九一六（大正五）年一月号を百合子に贈っている。

ロマンチストの久米正雄は、中條百合子との恋愛に熱を入れる一方で、親しい仲間の芥川と成瀬と松岡に、新しい雑誌の刊行を提案していた。久米はアイディアマンであり、同時にすぐれた編集者としての実務能力にも恵まれていた。その一端は、すでに第三次『新思潮』の編集の際に発揮されていた。それだけに久米の提案には現実性があった。

久米正雄が新雑誌刊行の具体的プランを仲間に示すのは、彼が漱石の木曜会に三回ほど出席した後の日曜日、一九一五（大正四）年十二月五日のことである。この日、芥川・久米・松岡・成瀬の四人は、湯島の牛肉店、江智勝へ行き、創刊号の内容を話し合う。同人は彼ら四人に京都にいる菊池寛を加えた五人の少数精鋭で行くとの申し合わせもできた。菊池が加わったのは、成瀬の強い推薦による。

「成瀬日記」のこの年十二月六日の記録に、「昨日急に久米から話があつて、どうやら雑誌発行がモノになり相になつて来た。同人は久米・芥川・松岡、菊池と私である。まだ十分には分らないけれども多分うまく行き相だ。私は彼等三人と共に江智勝へ行つて心ゆくまで飲んで、将来の努力を語り合つて非常に興奮した」とある。こうして「漱石を第一の読者」（松岡譲）として、第四次『新思潮』が計画されたのである。それは「羅生門」が発表されて一か月余のことであった。

輝いた時期

「羅生門」（『帝国文学』一九一五・一一）発表前後は、芥川龍之介の生涯において、もっとも輝いた時期であった。新しい仲間との緊張関係の中で、新しい雑誌を刊行する。彼の頭には、松江から田端の家に帰宅したころからふくらんだ創作の材源が、びっしり詰まっていた。

そうした中からまず「羅生門」が、誕生した。それは自己の内部にくすぶる、やり切れない思いがあって、はじめて成立したテクストであったと言えよう。続いて「鼻」(『新思潮』一九一六・二)「芋粥」(『新小説』一九一六・九)「手巾」(『中央公論』一九一六・一〇)など、芥川初期の重要作品が生まれる。どれもが彼の〈現実の転位〉であった。

「鼻」が漱石の目に留まり激賞の便りをもらうのは、一九一六(大正五)年二月十九日である。それは芥川の二十四回目の誕生日を迎える寸前のことであった。二十代半ばの芥川龍之介の日々は、充実していた。彼は青春の一刻一刻を惜しむかのように生き、松江で懐胎した小説の制作に励む。

二十三歳の青年芥川龍之介が生んだ「羅生門」は、作者没後八十年以上を閲《けみ》し、依然輝きを失うことがない。

あとがき

芥川龍之介は二〇〇七（平成一九）年に没後八十年を迎えた。その二、三年前から芥川をめぐる言説がにぎやかとなる。芥川再評価・再発見の動きが、内外で大きなうねりとなりはじめたのである。「はじめに」に記したように、日本では高等学校の国語教科書『国語総合』を「羅生門」が席巻し、十五、六歳の少年少女のほぼすべてが、教科書を通して芥川龍之介を知るようになる。かつて自死した作家として否定された作家の誠実な営為が、顧みられるようになったのである。

眼を海外に転じると、英語圏では二〇〇六（平成一八）年三月、新訳の『「羅生門」ほか17編』（*Rashōmon and Seventeen Other Stories*）がイギリスの大手出版社ペンギン社のペンギン・クラシックス・シリーズに入り、世界的話題を呼んだ。東アジアの近代作家として、はじめてのペンギン叢書《シリーズ》入りである。村上春樹の序文を添えたユニークな編集になるこの本は、『芥川龍之介短篇集』（新潮社、二〇〇七・六）として日本語でも刊行された。まさに芥川文学の逆輸入である。

この英文新訳の訳者ジェイ・ルービンは、芥川が日本語の達人であることを十分認めたうえで、「その作品は書かれた言語から剝ぎとられるという横暴を生き延びる。

無比の創作手段であった日本語から切り離されても、芥川の思考とイメージ、その登場人物たちは生命を失うことがない」とまで言う。

ロシアは芥川文学翻訳の先進国であるが、冷戦後の一九九八（平成一〇）年、ポリャス出版社から『芥川龍之介作品集』全四巻が出て注目された。その後、新世紀に入ってから日本の国際交流基金の援助によって、『芥川龍之介選集』（ヒペリオン出版社、二〇〇二）が刊行されている。

中国では二〇〇五（平成一七）年三月、日本の国際交流基金の援助による中国語訳『芥川龍之介全集』全五巻が山東文芸出版社から刊行され、これまた話題を呼んだ。小説や評論・随筆・紀行のみか、詩歌や書評・劇評、それに書簡、遺書まで収めた本格的全集である。中国では改革・開放政策後、芥川の著作集の刊行が盛んとなり、冷戦後は毎年のように芥川の翻訳が刊行されている。『支那游記』（中国語訳『中国游記』）など、訳者の異なる二つの翻訳が大型書店に並ぶ。発行部数も日本とは比べようがないほど多い。そうした中での全集の刊行であった。日本の作家で全集が出たのは芥川がはじめてである。

隣国韓国は、もともと芥川研究の盛んな国であった。この国は、一九七〇年代のキリスト教各派の爆発的発展もあって、東アジアでは稀なキリスト教国となったが、そうしたお国柄を反映し、芥川の切支丹ものへの関心が高い。研究も芥川とキリスト教をめぐるものが圧倒的に多い。「西方の人」「続西方の人」などは、複数の翻訳が存在する。芥川の童話を集めた翻訳もある。

韓国では新世紀に入って、芥川作品の翻訳は、うなぎのぼりにふえている。確認できた翻訳著作集は十冊を上回る。タイトルは他の国同様、『羅生門』『蜘蛛の糸』などが多い。二〇〇七年刊行の芥川作品集には、『孤独より勝る大きい力がどこにあろうか』など、長い題名を添えたものも刊行されている。『芥川龍之介全集』のハングル版は、日本の国際交流基金の援助を受けずに、二〇〇九（平成二一）年には、第一、二巻が刊行される予定であることもあげておくべきだろう。

ここになぜ芥川か、なぜ「羅生門」かの問いが生じるのは、当然のことなのである。世界的視点に立つと、第二次世界大戦後、黒澤明監督の映画「羅生門」（大映京都、一九五〇）が第十二回ヴェネチア国際映画祭でグラン・プリを獲得した直後、内外に第一次芥川ブームが訪れている。日本国内では岩波書店をはじめ、筑摩書房、角川書店などから全集が刊行され、海外でも芥川作品の翻訳が相次いだ。現在は第二次芥川ブームの到来といえそうだ。が、かつて欧米中心だった芥川研究は、東アジアにシフトしている。そうした中で芥川作品の翻訳は、世界四十か国を上回り、翻訳数は五百に至る。

今日の芥川文学への評価の高まりは、第一に冷戦後の人々の関心が、政治から人間の心の問題へと移行したこと、第二にその作品に見られる先見性・社会性が改めて見直されていることにある。「羅生門」はそういう彼の代表作の一つである。

本書は若き日の芥川龍之介に焦点をしぼり、いまや国民教材化した「羅生門」という小説が、どのようにして誕生したかを最新の情報を援用し、探ったものである。先に刊行した『芥川龍之介』（岩波新書）、『「羅生門」を読む』（小沢書店）、『よみがえる芥川龍之介』（NHKライブラリー）と併読していただけるなら幸いである。

刊行に際しては、先に関口安義編『芥川龍之介新辞典』（二〇〇三・一二）で、編者の要望通りの〈新辞典〉を作成してくれた翰林書房にお願いした。装幀や索引などに細心の注意を払って本造りに当たられた書房の今井肇・静江両氏に心から感謝したい。

二〇〇九年三月一日

関口安義

索　引

- 本索引は、人名索引と事項索引の二部からなる。
- 配列は、五十音順によった。数字は該当ページを示す。
- 同一人名の改名・ペンネーム、参照事項には、適宜（　）や→をほどこした。
- 芥川龍之介以外の著作には、（　）内に著者名を記入した。

人名索引

【あ】

青木健作　185
赤木桁平（池崎忠孝）　164, 183, 184
芥川耿子　11
芥川道章　15, 50, 51, 53, 54, 55, 56, 57, 59, 60, 61, 62
芥川儔　15
芥川比呂志　11
芥川フキ　15, 87, 95, 96, 98, 102, 107, 110, 116, 167
芥川文　11, 58, 60
芥川瑠璃子　57, 60, 87, 88, 95
浅野三千三　61
浅原丈平　33
安倍能成　184
アンドレーエフ　149
アントワネット，マリー　181
井伊掃部守直弼　37, 41
飯沢匡　11
五十嵐小太郎　67
井川恭　12, 21, 32, 34, 35, 38, 39, 41, 42, 43, 45, 46, 54, 56, 57, 58, 61, 62, 63, 64, 65, 66, 67, 68, 69, 70, 71, 72, 73, 74, 77, 78, 81, 84, 86, 97, 98, 102, 103, 105, 108, 110, 114, 115, 116, 117, 118, 119, 122, 124, 125, 126, 127, 128, 129, 131, 133, 134, 136, 137, 142, 144, 146, 180→恒藤恭
井川サダ　77, 118
井川シゲ　70
井川ミヨ（美代）　70, 118, 128
池崎能婦子　11
石岡久子　13, 34
石田幹之助　32, 39, 40, 45, 67
一游亭　63→小穴隆一

五木寛之　122
出隆　71
伊藤博文　15, 17
井上哲次郎　16
イブセン　24
岩元禎　32
岩森亀一　12
巌谷大四　11
植村正久　16, 78, 106
宇治紫山　56
内田百閒　184
内村鑑三　16, 21, 22
ヴェルレーヌ　24, 94
江口渙　164, 184
海老井英次　135
海老名禅正　74
小穴隆一　144 →一游亭
大塚楠緒子　22
大西祝　17, 75
大沼浮蔵　30
大山巌　17
岡栄一郎　184
岡田耕三　181, 182 →林原耕三
岡田虎次郎　74
大下藤次郎　66

【か】

笠井秋生　137, 146
鹿島龍蔵　62
柏木義円　16
桂太郎　19, 43
加藤武雄　166
香取秀真　60, 62
香取正彦　60
カナン，ジルバート　174, 175, 178
嘉納治五郎　54
河合榮治郎　31, 33, 39, 40, 157, 158, 159, 160, 161
河上丈太郎　31, 33, 47, 163
川崎晴郎　14
神崎清　32, 36
菅野スガ子　26
カント，エマヌエル　68
菊池寛　27, 31, 32, 34, 43, 46, 68, 79, 170, 186
木曾義仲　158, 159, 160, 161, 163
木下尚江　22
金田一光男　96, 98, 99, 100, 101
虞姫　157
葛巻さと子（左登子）　88
葛巻ヒサ　87, 88 →西川ヒサ
葛巻義定　88
葛巻義敏　11, 88, 93, 99, 105, 106, 135, 145
国木田独歩　20
久米正雄　27, 32, 34, 91, 93, 154, 164, 167, 168, 169, 170, 171, 177, 178, 179, 181, 182, 183, 184, 185, 186
黒澤明　190
黒田照清　67
畔柳都太郎　29, 35, 39, 40, 45
小泉八雲　121, 128 →ハーン，ラフカ

ディオ　128
項羽　157, 158, 160, 161
幸徳秋水　21, 22, 26, 29, 31, 37, 38, 41, 43, 45
郡虎彦　65, 66
後白川法皇　159
小杉未醒　62
ゴッホ　174
後藤末雄　174
小堀桂一郎　135
駒尺喜美　132
小宮豊隆　184
ゴンクウル兄弟　25
近藤富枝　56, 57, 63

【さ】

西條八十　171
堺利彦　21, 22
佐佐木茂索　11
サテュロス　82
佐藤運平　70
佐藤嗣男　46
里見弴　121
佐野文夫　68, 79
三溝又三　32, 39
山宮允　93, 144, 169
志賀直哉　121, 127, 129, 143
宍倉忠臣　129
島崎藤村　121
シュトロープル，カール・ハンス　149
シュレーデル，エミール　73
シヨウ　24
庄司達也　53
菅虎雄　76
鈴かけ次郎　127, 128 →井川恭
鈴木智一郎　67
鈴木三重吉　183, 184
ストリンドベリイ　24

【た】

瀧井折柴　62
竹内眞　162
竹盛天雄　108, 109, 136, 137
タゴール　25
ダスタエフスキイ　25
田中耕太郎　33
田中辰二　157
田中寅雄　56
田端修一郎　122
田山花袋　23, 121
チェーホフ　25
中條百合子（宮本百合子）　185
近角常観　75
塚本寿々　82
塚本文　82
塚本八洲　82
津田真道　16
土屋文明　32
都築正男　66
恒藤恭　12, 35, 52, 54, 59, 68, 72, 74, 79, 120, 122, 135 →井川恭

恒藤敏彦　35, 39
寺本喜徳　129
天皇陛下　44
陶淵明　94
東郷克美　107, 108, 110
東郷平八郎　19
遠山美知　100, 101
徳冨健次郎　29, 45
徳富蘇峰　157 →徳冨蘆花
徳冨蘆花　13, 27, 29, 31, 32, 33, 35, 36, 37, 40, 42, 43, 44, 47, 155, 161, 162, 163, 177 →徳冨健次郎
豊島与志雄　153, 174, 179
富田砕花　93, 95, 99
トルストイ　18, 24, 36, 174, 180

【な】

ナイト，オリバー　70
中尾清恵　78
長崎次郎　71
長崎太郎　12, 13, 67, 71, 72, 73, 74, 78, 79, 81, 84, 114, 143, 144
中沢臨川　172
中島敦　5
中野好夫　26, 31
中村よし　92
長与善郎　177
夏目漱石　5, 6, 23, 171, 181, 183, 184, 185, 186, 187
成瀬正一　12, 13, 32, 34, 41, 42, 43, 46, 47, 67, 73, 78, 91, 109, 118, 119, 135, 164, 165, 166, 167, 168, 169, 170, 173, 174, 175, 176, 177, 178, 179, 180, 181, 182, 183, 185, 186
成瀬不二雄　34
ニイチエ　24
新原敏三　14, 50, 87, 99
新原フク　14, 15
西川ヒサ　95, 96 →葛巻ヒサ
西川英次郎　32, 34, 80
西川豊　87, 91
西田幾多郎　69, 75
新渡戸稲造　29, 42, 43, 44, 45
乃木希典　19
昇曙夢　149

【は】

ハーン，ラフカディオ　128 →小泉八雲
ハウプトマン　25
林原耕三　181
原善一郎　172
原田敬一　17
バルト，ロラン　28
范石湖　94
日夏耿之介　171
平岡敏夫　149
ビルコフ　173
広川禎秀　42
広津和郎　177
福士幸次郎　177
藤岡蔵六　67, 71, 72, 73, 74, 75, 76,

77, 78, 81, 84, 102, 103, 104, 105, 108, 128
古河力作　26
ブウテェ，フレデリック　135, 149
ブレイク，ウイリアム　143, 144, 145
フロオベル　25
ベルクソン　25, 69
ホイットマン　25
ポー，エドガー・アラン　18
ボオドレエル　24
蒲松齢　18
堀内利器　94
堀尾吉晴　121

【ま】

マチス　174
松浦一　167
松浦嘉一　184
松岡善作　168
松岡善譲　32, 168, 169, 170, 177, 178, 179 →松岡譲
松岡譲　12, 13, 27, 29, 34, 35, 36, 40, 43, 45, 46, 47, 163, 164, 167, 168, 169, 170, 171, 174, 179, 182, 183, 185, 186 →松岡善譲
松方正義　15
松澤信祐　46
松平直政　121, 132
マリア　107
三浦環　96
三並良　72, 75
源行家　159
源頼朝　159
源頼政　158
宮崎直次郎　56
宮下太吉　26, 31
宮本正清　181
三好行雄　104, 132, 134, 135
武者小路実篤　143, 177
村上春樹　188
村上光彦　178
室生朝子　11
室賀文武　105
室生犀星　62
明治天皇　17
メーテルリンク　25
メレジコフスキー　173
モオパスサン　24
元田肇　16
百島操（冷泉）　78
森鷗外　5, 6, 22, 86, 135, 149
森啓祐　92, 93, 96, 99
森田浩一　12, 13, 30, 66, 67
森田草平　184
森戸辰男　33
森本修　92, 99, 135, 148

【や】

八木實道　67
矢島翠　176
矢代幸雄　169
矢内原忠雄　32, 45, 66

柳川隆之介（芥川のペンネーム）　111
柳宗悦　143, 177
山田キク　175, 176, 178, 179
山田ハナ　177
山本喜誉司　73, 78, 79, 80, 81, 82, 83, 84, 86, 91, 102, 104, 108
山本有三　31, 32, 33
与謝野晶子　22, 79
吉田松陰　37, 41
吉田精一　52
吉田長吉郎　92, 96
吉田弥生　83, 92, 93, 95, 96, 98, 99, 100, 101, 107, 108, 112
吉村チヨ　87, 88, 89, 90, 91, 94

【ら】

リーチ，バーナード　143
劉邦　158, 161
ルーイス（Mstthow Gregory Lewis）　136, 149
ルービン，ジェイ　188
ロラン，ロマン　25, 171, 172, 173, 174, 176, 177, 178, 180, 181

【わ】

和辻哲郎　75, 183

事項索引

【あ】

青頭巾　164
青山女学院　92, 94
赤城山　71, 78
赤新聞　99
「暁」　104, 105, 106, 168
赤旗事件　37
安芸町　78
芥川旧蔵複製版画　144
「芥川君を憶ふ」（富田砕花）　95, 99
芥川家　51, 52, 55, 56, 58, 68, 89, 91, 99
芥川研究史の再編　46
芥川再発見　6
芥川再評価・再発見の動き　188
芥川作品の翻訳　190
芥川初期の重要作品　187
芥川生誕の地　14
芥川テクストの翻訳　7
芥川とキリスト教　189
芥川と久米の最初の漱石山房訪問日　182
芥川における謀叛の文学精神　163
芥川の〈家〉批判　107
芥川の一高時代　13
芥川の虚構小説　155
芥川の好みのエピソード　51
芥川の松江行き　119
芥川の養家への反逆　107
芥川の歴史認識　7
芥川文学再発見の気運　8→芥川再発見
芥川文学翻訳の先進国　189
『芥川龍之介　永遠の求道者』（関口安義）　27, 46, 100
『芥川龍之介作品研究』（駒尺喜美編）　148
『芥川龍之介作品集』（ロシア・ポリャス出版社）　189
『芥川龍之介　実像と虚像』（関口安義）　46
『芥川龍之介資料集』１、２（山梨県立文学館）　146
『芥川龍之介新辞典』（関口安義編）　191
『芥川龍之介』（関口安義）　191
『芥川龍之介全集』　13, 76, 83
『芥川龍之介全集』（中国・山東文芸出版社）　189
芥川龍之介全集のハングル版　190
『芥川龍之介選集』（ロシア・ヒペリオン出版社）　189
『芥川龍之介その文学の、地下水を探る』

（佐藤嗣男）　46
『芥川龍之介短篇集』（ジェイ・ルービン，新潮社）　188
芥川龍之介と女性　87
『芥川龍之介とその時代』（関口安義）　10, 13, 27, 46
「芥川龍之介と養父道章―所謂自伝的作品の読解のために（一）」（庄司達也）　53
『芥川龍之介の研究』（竹内眞）　162
「芥川龍之介のこと」（西川英次郎）　34
「芥川龍之介の「寂寞」―初期書簡集を読む―」（東郷克美）　107
「芥川龍之介の生誕地」（川崎晴朗）　14
『芥川龍之介の世界』（駒尺喜美）　132
「芥川龍之介の先見性」関口安義）　100
『芥川龍之介の父』（森啓祐）　34, 92, 96
『芥川龍之介の手紙　敬愛する友　恒藤恭へ』（山梨県立文学館）　137
芥川龍之介文庫　11, 12, 69, 105
『芥川龍之介未定稿集』（葛巻義敏編）　88, 89, 93, 99, 106, 108
『芥川龍之介論』（三好行雄）　104, 132
「芥川龍之介をめぐる女性」（森本修）　92
『朝日新聞』　183, 184
足尾　162
足尾騒動　37
足尾銅山　162
足尾の労働者　162, 163
「明日の道徳」　75
東《あずま》銀行　53
新しい思想　24
「あの頃の自分の事」　134, 135, 164, 168, 171, 175
アポロ　83
現人神　15
「或阿呆の一生」　24, 135
粟津の原　159
「アンナ・カレニン」　179, 180
〈家〉からの開放　107
イエスの受難　106
「怒」（井川恭）　42
井川恭の闘病生活　68
「井川日記」　12, 21, 27, 34, 35, 38, 41, 70→「向陵記」
イギリス教会宣教会　14
イゴイズムをはなれた愛　102
「石童丸」（説経節）　87
遺書　11
出雲　117, 119, 125, 126, 130
出雲の旅　116
『出雲風土記』　120
一游亭　63
一高　12, 29, 64, 67, 71, 72, 80→第一高等学校
一高時代　143, 145
一高時代の芥川のエピソード　144

一高生活　13, 124
一高生徒　30
一高生の「謀叛論」文献　33
一高第一大教場　39, 42→第一高等学校第一大教場
一高の護国旗　43
一高の三羽烏　71, 73
一高の制帽　82
一高弁論部　31, 163
「一番会いたい人—亡き母—」（恒藤恭）70
「一兵卒」（田山花袋）　23
一中節　53
『出隆自伝』）（出隆）　71
『稲生物怪録』　76
「芋粥」　187
「ヰリアム・ブレーク」（柳宗悦）　143
岩崎邸　61
岩波書店　190
岩波文庫　174
岩森亀一コレクション　12, 136, 145, 162, 166
VITA SEXUALIS　86
ウイリアム・ブレイク体験　145
ウイリアム・ブレークの銅版画　142, 143
上野（東京）　61, 63
上野寛永寺　55
ヴェネチア国際映画祭　190
ヴェルサイユ条約　24
ウガンダ蜂　83
烏江（中国）　157, 158
宇田川町の停留所　89
「海の花」（井川天籟）　64
『梅一輪／湘南雑筆（抄）』（講談社文芸文庫）　36
裏見ケ滝（日光）　162,
英文科の会　169
江智勝（牛肉店）　186
愛媛県北宇和郡岩淵村　73, 77
愛媛県立宇和島中学校　73
厭戦ムード　19
オイッケン会　75
「王冠をつくる人」（鈴かけ次郎）　, 128
王権の象徴　150
大川（隅田川）　50, 131, 132
「大川の水」　131
大阪市立大学　35
大阪市立大学学術情報総合センター　35, 129
大阪市立大学初代学長　71
大阪市立大学恒藤記念室　12
大橋川（松江）　119, 120, 122
岡田式静座法　74→静座法
「尾形了斎覚え書」　77
オットーの文法　79
「お百度詣」（大塚楠緒子）　22
オリバー・ナイトの聖書研究会　70

【か】

怪異譚　148

「海岸の日記より」（成瀬正一）　173
海軍機関学校　21
外国人居留地　14
『介山・直哉・龍之介』（竹盛天雄）　108, 136
外務省外交資料館　14
学習院　183
革命運動　19
『学友会雑誌』　50, 51, 156, 157, 161
「過激なる講話／蘆花、一高生に説く」（萬朝報）　29
『影燈籠　芥川家の人々』（芥川瑠璃子）　88
上総一ノ宮　93, 94
仮設　28
「風と月と」（久米正雄）　34, 181
かたくなな実証主義者　28, 31
「勝の哀」（徳冨蘆花）　40
学校採択　6
「学校友だち―わが交友録―」　75
「河童」　164
角川書店　190
「金井博士と其子」（久米正雄）　169, 185
「鉄輪《かなわ》」（郡虎彦）　65
Cafe Lion　91
鎌倉　50, 76
「神の国の首都」（小泉八雲）　121
『仮面』（雑誌）　171
「硝子戸の中」（夏目漱石）　183
花柳病　116
翡翠《かわせみ》　133
神田三省堂催場　145
「カンタベリーの巡礼」（ブレイク）　144
関東大震災　35, 59, 87
『官報』　64
「気鋭の人新進の人　恒藤恭」　68
菊池寛記念館（高松）　13, 34
寄宿寮　74, 76
汽水湖　120
城崎　125, 126
「君死に給ふこと勿れ」（与謝野晶子）　22
「木村重成論」（田中辰二）　157
『舊新約聖書 HOLY BIBLE』　105
「牛乳屋の兄弟」（久米正雄）　170
『旧約聖書』　104
『旧友芥川龍之介』（恒藤恭）　54
『教育研究』（雑誌）　75
教育勅語　15, 16
教育と宗教との関係　16
境界　151, 152
境界としての門　151
『兄弟』（回覧雑誌）　104, 106, 168
共通教材　6
京都　133, 150, 151
京都市吉田近衛町　114
京都市立芸術大学　144
京都市立美術大学　78 →京都市立芸術大学
京都帝国大学　68

京都帝国大学の寄宿舎　98, 114
京都帝国大学文科大学　170
京都帝国大学法科大学　71, 78, 98, 114, 124, 127
京橋川（松江）　122
京橋区入船町　14
切支丹　77
切支丹禁制の高札撤去　17
切支丹もの　189
ギリシャ神話　83
キリスト教　13, 16, 17, 66, 67, 72
〈基督に関する断片〉　106, 107
金田一家の墓地　101
金田一家の墓碑　101
近代日本の夜明け　16
『近代文学鑑賞講座 11　芥川龍之介』（吉田精一編）　52, 59
「唇の血」（森鷗外）　23
求道学舎　75
「首が落ちた話」　18
久米正雄の失恋小説　155
「クラリモンド」　180
『クレオパトラの一夜』（ゴーチェ・久米正雄訳）　178, 180
軍国主義　22, 25
軍備拡張　21
芸術至上主義者　7, 10, 155
芸術至上主義の文学　8
「芸術その他」　164
芸術の森公園（甲府）　12
『月刊長岡文藝』（雑誌）　106
月照寺（松江）　129
現実の転位　153, 155, 187
現実暴露の小説　154
『現代と仏教』　72
言論の自由　47
小石川区上富坂　73
小石川の植物園　68
広域採択　6
「浩一日記」　28, 30, 31, 66, 67
「項羽論」（河合榮治郎）　157, 158, 160, 161
黄海　18
「行じて居るもの」（長崎太郎）　72
公職追放　100
高知県立第三中学校　78
『校注国文叢書』　136
江東小学校　20
甲南高等学校（旧制）　75
神戸衛生院　64, 66
耕牧舎　14, 87, 88, 92
「向陵記」（井川恭）　34, 35, 39, 40, 41, 42, 72
『向陵記―恒藤恭　一高時代の日記―』（大阪市立大学）　12, 35
『向陵誌』（第一高等学校寄宿寮）　29, 44, 45
『国語Ⅰ』　5
国語教科書　5
国語教材　5
『国語総合』　5, 6, 164, 188
『国語Ⅱ』　5

国際ブレイク学会　144
国体精神の強調　16
国民協会　16
国民教材　8, 164, 191
「こころ」（夏目漱石）　5
『虎嘯』（同人雑誌）　168
御真影　16
御前会議　19
国会図書館　29
『孤独より勝る大きい力がどこにあろうか』（ハングル版芥川龍之介著作集）　190
『この人を見よ　芥川龍之介と聖書』（関口安義）　106
駒込台　59
米騒動　25
「今昔」（久米正雄）　179
『今昔物語集』　136, 148

【さ】

「サウロ」　106
作家出発時の芥川龍之介　46
THE NEW TESTAMENT　69, 70, 105
The Monk（ルーイス）　136, 149
サラエボ　23
山陰線　125
山陰の海岸　115
三角地所　56, 57, 58
「山月記」（中島敦）　5
三国干渉　19
「三四郎」（夏目漱石）　23
三茶書房　12
「ジアン、クリストフ―余を最も強く感動せしめたる書―」　172
ＧＨＱ　100
塩見縄手（城見畷・松江）　121
自己解放　145, 148
「地獄変」　164
自然主義　154
思想統制　33
「思想の遍歴　上」（森戸辰男）　33
自治寮　66, 67, 72
自治寮時代の井川恭　68
「自治寮略史」（『向陵誌』）　29, 45
実証　28
「実証の現在」（関口安義）　28
失恋事件　78, 86, 95, 104, 105, 106, 111, 112, 115, 129, 134, 136, 153, 154, 155, 167
失恋事件の大筋　97
品川　110
品川の遊郭　110, 153
『支那游記』　164, 189
不忍池　61, 68
芝区愛宕町　92
芝区新銭座町　87
芝公園　88
「自筆年譜」　15
「詩篇」　72, 103, 104, 105, 106
島根県立第一中学校　21, 35, 38, 63, 70
島根県立図書館　122
四面楚歌　157

社会主義　21, 25, 37
社会主義者　37
『ジャン・クリストフ』（豊島与志雄訳）　174
『ジャン・クリストフ』（ロマン・ロラン）　172, 173, 174, 175, 176, 181
自由意志　69
自由主義　25
シューベルト　94
自由民権運動　15
ジュネーヴ　178
純粋思惟　69
「将軍」　18, 164
「椒図志異」　76, 148
小説とは何か　154
小説の本道　154
「小説を書き出したのは友人の煽動に負ふ所が多い」　135, 164
常福寺（松江）　129
ジョンズ・ホプキンス大学　66
「詩四篇／井川君に献ず」　137, 145
『白樺』　65, 143, 144, 169
『白樺』衛星誌　177
『白樺』の人々　109
『白樺』の表紙デザイン　143
白樺派の人々　177
「刺絡」（シュトロープル）　149
『松陽新報』　64, 122, 126, 128
資料としての日記　12
白金三光町　167
「新刊紹介」（『読売新聞』）　180
新教出版社　71
新共同訳『聖書』　106
神橋（日光）　131
信教の自由　17
清国　17
清国への宣戦布告　18
宍道湖（島根県）　118, 119, 120, 123, 124, 129
宍道湖の七珍　120
宍道湖の日没　121
宍道湖の落日　125
『新時代の芥川龍之介』（松澤信祐）　46
「『新思潮』回想記」（松岡譲）　182
『新思潮』創刊前夜の熱気　170, 171
『新思潮』（第三次）　25, 144, 169, 173, 185
『新思潮』（第四次）　63, 167, 169, 170, 171, 184, 186
新宿（東京）　50, 67, 74
新宿の芥川家　59, 73
新資料の出現　146
新潮社　172, 175, 177, 180
『新潮日本文学アルバム芥川龍之介』（関口安義編）　88
人道主義ブーム　177
「シンポジウム「羅生門」をめぐって」　146
『新約聖書』　104, 105, 106
真山（松江）　129
瑞応寺（松江）　121

水彩画　67
スイス　176
朱雀大路　150
逗子　167, 168
逗子海岸　169
『青海波』（与謝野晶子）　79
生活保護　100
世紀末　24
静座法　73, 74→岡田式静座法
『聖書』　72, 104, 105, 106, 111, 112
『聖書之研究』（雑誌）　22
「青年芥川の面影」（恒藤恭）　52, 59, 68
聖パウロ教会　14
「西方の人」　190
「生命との別れを惜しんで身体上を浮遊する心霊」（ブレイク）　144
『西洋哲学史』（大西祝）　75
西洋風新文化　132
聖路加国際病院　14
ゼウス　83
関ヶ原の戦い　121
セブンスデー・アドベンチスト　64
戦艦ポチョムキン　19
「戦時の日記」（ロマン・ロラン）　176, 178
戦場ケ原（日光）　162
専制主義　25
『戦争と平和』（トルストイ）　18
戦争批判　23
戦争文学　21
「仙人」　104
『禅の研究』（西田幾多郎）　75
全寮制　67, 71
『双影　芥川龍之介と夫比呂志』（芥川瑠璃子）　57, 60, 87, 95
「創作雑話」（豊島与志雄）　153
創作の苦しみ　142
漱石山房　182, 183, 184, 185
「続西方の人」　190
「蕎麦」（百島冷泉）　78

【た】

第一高等学校　21, 25, 51, 64, 65, 74→一高
第一高等学校第一大教場　27→一高第一大教場
第一次芥川ブーム　190
第一次世界大戦　17, 23, 24, 25, 176, 177
第一次松方内閣　15
対応キーワード　8
大逆事件　13, 26, 27, 28, 31, 36, 44
大正期の理想主義　172
「大震前後」　59
「大導寺信輔の半生」　51, 52
『第二軍従軍日記』（田山花袋）　23
第二次芥川ブーム　190
第二次伊藤内閣　16
第二次世界大戦　35
大日本帝国憲法　15, 17
『大法輪』（雑誌）　70

大谷川（日光）　162
『太陽』（雑誌）　65
大連（中国）　18
対露軍備拡張　19
対露交渉　19
対露国交断絶　19
台湾　18
高岡高専　78
高輪（東京）　117
高松（香川県）　34
滝野川（東京）　55
田端（東京）　50, 55, 56, 61, 62, 63, 68, 117, 133, 134, 186, 61
田端駅　55, 61
田端転居　50, 58, 61, 89
田端という地　55
「田端にてうたへる」　56
田端の芥川家　61, 71, 115, 125
田端の家　50, 57, 58, 59, 130
田端の急坂　61
田端の書斎　145, 146
田端の新居　59
田端の高台　59
玉造（島根県）　115
「タマルの死」（郡虎彦）　65
「近頃の感想」（河合榮治郎）　33
「地下室」（アンドレーエフ、昇曙夢訳）　149
筑摩書房　190
『父と子』（藤岡蔵六）　73, 74
千歳村（東京）　36
千鳥城　121, 124, 132, 131, 133 →松江城
千鳥城の天主閣　132
血の日曜日事件　19
『中央公論』　52, 172
中央集権　15
『中学世界』（雑誌）　64, 127
「忠義」　163
中国　18
中国の朝鮮支配　17
中禅寺湖（日光）　162
中寮三番　42, 67, 78
朝鮮　17, 19
朝鮮出兵　18
朝鮮の独立と東洋の平和　17
朝鮮貿易　17
朝鮮問題　17
『佇立する芥川龍之介』（東郷克美）　108
青島　24
沈頭の聖書　105
「追憶」　20
通俗作家　32
恒藤記念室　35, 42, 129
『恒藤恭とその時代』（関口安義）　34, 65, 70
『恒藤恭の思想史的研究』（広川禎秀）　42
帝国主義　15
『帝国文学』（雑誌）　8, 111, 165, 180, 185

「手帳１」　91, 180
転位　153, 154
篆刻　53
天主閣（天守閣）　131
天然自笑軒　56, 62
天皇暗殺容疑　31
天皇制　16
天皇制国家　15, 33, 44
天皇の絶対視　16
天皇陛下　37, 41
「電報」（国木田独歩）　20
天倫寺（松江）　129
動員令　20
道閑会　63
東京音楽学校　68
東京高等女学校　92
「東京田端」　62
東京帝国大学　176
東京帝国大学文科大学　24, 25, 92
東京都立両国高等学校資料室　157
東京美術学校　63
東京病院　92
東京府立第三中学校　25, 51, 79 →府立三中
東京府立第二中学校　66
『東京横浜／銀行会社職員録』　53
動坂（東京）　61
東山農事会社　83
「道成寺」（郡虎彦）　65
同性愛　81, 82
東北帝国大学法文学部　75
遠山病院（盛岡）　100, 101
徳川幕府　121
徳冨蘆花十周年忌記念講演会　47
『徳冨蘆花十周年忌記念講演集』　47
「棘ある杖」（鈴かけ次郎）　128
都市の構造的美観　132
豊島岡御陵墓　54
「虎」（ブレイク）　143
トルストイ　18
『トルストイ研究』（雑誌）　177
トルストイ熱　177
『トルストイ』の翻訳　178
『トルストイ』の翻訳許可　178
『トルストイ』（ロマン・ロラン）　174, 175, 176, 177, 178
『トルストイ』（ロマン・ロラン、成瀬正一訳）　173, 175, 179, 180

【な】

『ナイトソート』（ブレイク）　145
中海（島根県）　119, 120
「長崎日記」（長崎太郎）　72, 79
中津川（盛岡）　100
ナザレ（イスラエル）　107
「ナザレの耶蘇」（仮）　107 →「マグダレナのマリア
なぜ芥川か　190
なぜ「羅生門」か　190
「夏目先生」　184
「涙の谷」（詩篇）　103, 105, 106
「成瀬日記」（成瀬正一）　27, 34, 35,

41, 43, 73, 115, 118, 165, 167, 173, 177, 182, 183, 186
成瀬別荘（逗子） 167, 168, 169
南山（中国） 22
南寮 74
南寮十番 66
『南寮タイムス』（井川恭編集） 66
新原家 91
「二十一の秋」（成瀬正一） 185
「二週間の勉強で一高の入学試験を通過した僕の経験」（井川恭） 64
二十代半ばの芥川 187
日独学館 71, 72
日曜学校 78
日露開戦 21
日露戦争 17, 18, 20, 21, 22, 23, 37, 179
日露の戦役 21
日韓修好条約 17
日記の探索・発掘 13
「日記より」 128
日光 131, 162
「日光小品」 162
日清講和条約（下関条約） 18
日清戦争 17, 18
『日清・日露戦争』（原田敬一） 17
日本海 120, 130
日本海々戦 20, 21
日本基督教会安芸教会 78
日本近代文学館 11, 12, 69, 105
日本水彩画研究所 66
日本聖公会松江基督教会 70
日本的近代 131
日本の国際交流基金 189, 190
日本の資本主義の発展 18
日本の「ブレイキアン」 143
『日本瞥見記』（小泉八雲） 121
『日本文学アルバム 6 芥川龍之介』（葛巻義敏編） 145
日本郵船 78, 144
韮 55
韮畑 55, 56, 61
韮畑連作六首 56
『人間芥川龍之介』（森本修） 92
「鋸山奇譚」（ポー） 18

【は】

敗荷 61
敗北の文学 10
パウロ書簡 106
『ハガキ文学』 64
白梅園 62
「爆発物取締罰則」違反 26, 31
「橋の下」（フレデリック・ブウテェ、森鷗外訳） 135, 149
『破船』（久米正雄） 154
「初恋の人／吉田弥生」（森啓祐） 92
発売禁止 33
「鼻」 91, 142, 180, 185, 187
『鼻』 146
波根海岸 129, 130
「波根村路」 146
バルチック艦隊 19

榛名山　71, 78
「春の歌四首――御笑ひまで」　91
反逆の論理　163
反近代主義　132
「手巾」　187
「半自叙伝」(菊池寛)　68
反戦運動　22
反戦詩　22
反動の時代　17
『悲運の哲学者　評伝藤岡蔵六』(関口安義)　75
比叡山天狗の沙汰　76
「PIÈTA」　106
「翡翠記」(井川恭)　126, 128, 129, 130, 133
「翡翠記」全文の翻刻　129
非戦論　21, 22, 37
美的百姓　36
「日の老いたる者」(ブレイク)　144
日の御崎(島根県)　115
「火の柱」(木下尚江)　22
『百艸』　59, 62
『評伝成瀬正一』(関口安義)　34, 46
『評伝松岡譲』(関口安義)　46, 168
「ひよつとこ」　111, 128, 185
福音書　106, 107
『福音新報』　78
不敬演説　28, 29, 45
不敬罪　16
不敬事件　16
不敬の言　29
武家屋敷　121
藤岡事件　75
藤岡蔵六の故郷　77
「富者と天国」(百島冷泉)　78
「二つの絵」(小穴隆一)　144
福生市(東京都)　66
福生市郷土資料館　13, 28, 66
冬の時代　44, 46
ブラジル　83
府立三中　50, 51, 61, 73, 78, 79, 80, 86, 94, 131, 156, 157 →東京府立第三中学校
「ふるさとの味」(恒藤恭)　120
“Brake in the Orient”(国際ブレイク学会「目録」)　144
『ブレイク選集』(山宮允)　144
ブレイクと「羅生門」　145
ブレイクへの関心　143
ブロッカ虫　83
文学研究における実証　28
「文学好きの家庭から」　54
『文学の本質』(松浦一)　167
「文芸評論　ロマン・ロラン」(中沢臨川)　172
『文壇資料　田端文士村』(近藤富枝)　56, 63
米国聖書会社　105
平壌(北朝鮮)　18
『平民新聞』　22
『ベートーヴェン』(ロマン・ロラン)　175

ペテルブルグ（ロシア）　19
ペンギン社　188
ペンギン叢書　188
弁論部主催の特別講演会　27
「弁論部部史」（向陵誌）　45
『方丈記』（鴨長明）　149, 150
ポーツマス（アメリカ）　19
北寮四番　67, 78
『輔仁会雑誌』　183
「螢草」（久米正雄）　154
「扣鈕」（森鷗外）　23
『不如帰』（徳冨蘆花）　32
濠端の家　129
「濠端の住まひ」（志賀直哉）　127, 129
ポリャス出版社　189
本郷（東京）　54
本郷区森川町　168
本郷区弥生町　71
本郷台　61
本郷弓町教会　74
盆栽　53
本所区相生町　79, 82
本所区小泉町　14, 50, 56, 79, 132
本所警察署　20
本所小学校　79
本所水害　50
『本朝妖魅考』　76

【ま】

「舞姫」（森鷗外）　5
「マグダレナのマリア」　107→「ナザレの耶蘇」
「松浦一氏の『文学の本質』について」　167
松江（島根県）　63, 71, 115, 116, 118, 119, 120, 121, 122, 124, 125, 126, 128, 129, 130, 131, 132, 133, 137, 145, 146, 148, 167, 169, 186
「松江秋夕」　146
「松江印象記」　128, 131
松江市内中原町　127
松江城　127→千鳥城
松江で懐胎した小説　187
松江の自然と厚い人情　125
松江のシンボル　121
「松江の生命」（井川恭）　122
松江の特色　123
「松江美論」（井川恭）　122, 124
松江への旅　146
「松岡日記」（松岡譲）　183
「松山一家」（郡虎彦）　65
「眞弓の周囲」（鈴かけ次郎）　127
満洲（中国東北部）　19
「三浦製糸場主」（久米正雄）　170, 185
『ミケランジェロ』（ロマン・ロラン）　174, 181
「湖は平和の代表者なり」（井川恭）　123
みすず書房　176, 178
「水の三日」　50, 51
「道草」（夏目漱石）　183
三菱合資会社　83

「路」　76
『都新聞』　64
都新聞社　64
明星派　22
『ミレー』（ロマン・ロラン）　175
民主主義　25
武蔵高校　78
無試験検定　27, 51, 78, 143
無政府主義者　37
謀叛　28, 38
謀叛人　38
謀叛のすすめ　162
謀叛の精神　30, 46, 47, 156
「謀叛論」（徳冨蘆花）　13, 27, 28, 29, 30, 31, 33, 35, 38, 40, 44, 45, 46, 47, 155, 161, 162, 163
『謀叛論』（岩波文庫）　36
「謀叛論」の演説　47
「謀叛論」関連箇所の日記　39
「「謀叛論」聴講の思出一節」（浅原丈平）　34
「謀叛論……徳冨健次郎氏」（井川恭）　39
「「謀叛論」の回想」（浅原丈平）　34
「謀叛論」の内容　36
「謀叛論」の波紋　31
「謀反論」文献　30, 40, 41
明治憲法　15, 16
明治国家　15
明治新政府批判　132
『明治文学全集42 徳富蘆花集』　36
明治元訳聖書　106
木造の橋梁　131, 132
木曜会　182, 186
木曜会の花形　184
物語作者　149
「桃太郎」　164
盛岡（岩手県）　96, 100, 101
盛岡市立仁王小学校　100
『森田浩一とその時代～日記を通して見えてくるもの』（福生市郷土資料室）　13
文部省　29

【や】

ヤスナヤポリヤナ（ロシア）　45
谷田川（藍染川・東京）　55
山口県玖珂郡賀見畑村（現、美和町）　14
山口高校（旧制）　78
山梨県立文学館　12, 137, 146, 162, 166
山の手線　61
遊郭通い　110, 116, 117
夕暮れの文学　149
『夕暮れの文学』（平岡敏夫）　149
「勇者の歓び」（鈴かけ次郎）　127
湯河原温泉（神奈川県）　26
養家の人々　99
「養父、道章・「中流・下層」という虚と実――「芥川龍之介と二人の父、二つの家」論のために」（庄司達也）　53

養和の飢饉　149
横須賀　50
横須賀の海軍機関学校　50
吉田近衛町　98
吉田弥生の晩年　100
「義朝記」（郡虎彦）　65
義仲追討宣旨　159
「義仲論」　156, 157, 158, 160, 161, 162
吉原　107, 112, 116
吉原遊郭　108, 109, 145, 153
『ヨブ記挿絵集』（ブレイク）　145
『読売新聞』　167, 180
『よみがえる芥川龍之介』（関口安義）　191
嫁ケ島（宍道湖）　120, 132,
『萬朝報』　21, 22, 29, 44, 45, 64

【ら】

洛中侵入説　151
洛中帰還説　151
『ラ・ジャポネーズ　キク・ヤマタの一生』（矢島翠）　176
「羅生門」　5, 6, 7, 8, 30, 50, 134, 135, 142, 145, 146, 148, 149, 151, 153, 155, 156, 163, 164, 165, 168, 185, 186, 187, 188, 191
『羅生門』　146, 166
羅生門（京都）　149, 150, 151, 152
「羅生門」（映画）　190
「羅生門」懐胎の地　148
「羅生門」学習世代　6
「羅生門」関係資料　146
「羅生門」下書きメモ・ノート　7, 12, 145, 146
「羅生門」受胎のドラマ　137
「羅生門」成立考　135
「羅生門」成立史論考　136
「「羅生門」成立に関する覚書」（森本修）　135
「「羅生門」—その成立の時期」（海老井英次）　135
「「羅生門」—その成立をめぐる試論—」（竹盛天雄）　108, 136
「羅生門」断片草稿　145
「羅生門の後に」　166
「羅生門」の成立時期　134, 146
「羅生門」の成立時期問題　146
「羅生門」の世界　148
「羅生門」の誕生　7, 8, 133, 137
「羅生門」の〈読み〉　7
『「羅生門」ほか17編』（Rashōmon and Seventeen Other Stories ジェイ・ルービン）　188
『「羅生門」を読む』（関口安義）　151, 191
『ラ・テール』（雑誌）　177
reader response theory　7
陸軍士官学校　96
律法批判　107
龍谷寺（盛岡）　101
良寛の書　183
『両国高校八十年』両国高校八十周年記

念協賛会　156
『聊斎志異』（蒲松齢）　18
遼東半島（中国）　19, 22
「良人の自白」（木下尚江）　22
旅順攻撃　22
冷戦後　10
冷戦終了という社会的事象　11
連合艦隊　19
労働運動　25
「老年」　179, 180
ローマ（イタリア）　39
ローレンス，ジョン　169
蘆花演説　27, 28, 30, 34, 35
蘆花演説の波紋　27
蘆花会　47
蘆花事件　29, 31
「蘆花事件」（河上丈太郎）　33, 47, 163
蘆花邸　33
『蘆花徳冨健次郎　第三部』（中野好夫）　26
「蘆花と次代の青年」（関口安義）　27
「蘆花と社会思想」（河上丈太郎）　47
蘆花の演説　29, 32, 33, 34, 41, 43, 45, 46
「蘆花の演説」（松岡譲）　29, 34, 35, 36, 41, 47, 163
蘆花の演説草稿　36
「蘆花の近業の伊庭の芝居」（菊池寛）　34, 43
蘆花文庫　36
ロシア　19
「ロシア社会党に与うる書」（「与露国社会党書」）　22
『ロマン・ロラン全集』　176
ロンドン　65

【わ】

「若き日―『新思潮』時代の思ひ出―」（松岡譲）　174, 179
若き日の芥川龍之介　8, 191
「わが青春時代の生活」（恒藤恭）　66
私小説　154
「私の個人主義」（夏目漱石）　183
「私の履歴書」（田中耕太郎）　33
和多見うら（松江）　122

【著者略歴】
関口安義（せきぐち・やすよし）
1935年、埼玉県生まれ。早稲田大学大学院文学研究科博士課程修了。都留文科大学、文教大学教授を経て、現在、都留文科大学名誉教授。中国・河北大学、アメリカ・オレゴン大学、ニュージーランド・ワイカト大学などで客員教授を務める。専門は日本近代文学。文学博士。著書に『評伝豊島与志雄』（未来社）、『芥川龍之介』（岩波書店）、『芥川龍之介とその時代』（筑摩書房）、『恒藤恭とその時代』（日本エディタースクール出版部）、『芥川龍之介の歴史認識』（新日本出版社）、『芥川龍之介　永遠の求道者』（洋々社）、『悲運の哲学者　評伝藤岡蔵六』（イー・ディー・アイ）、『賢治童話を読む』（港の人）などがある。

「羅生門」の誕生

発行日	2009年5月20日　初版第一刷
著　者	関口安義
発行人	今井　肇
発行所	翰林書房
	〒101-0051　東京都千代田区神田神保町1-14
	電話　03-3294-0588
	FAX　03-3294-0278
	http://www.kanrin.co.jp/
	Eメール●kanrin@nifty.com
印刷・製本	総印

落丁・乱丁本はお取替えいたします
Printed in Japan. ©Yasuyoshi Sekiguchi 2009.
ISBN978-4-87737-282-8

芥川龍之介研究の決定版

関口安義［編］

芥川龍之介新辞典

芥川龍之介という作家から時代と社会が展望できる『新辞典』

〈主な項目〉
- I 時代と社会
- II 軌跡
- III ひと
- IV 外国の作家・思想家
- V 作品・著書
- VI 雑誌・新聞
- VII 知的空間
- VIII ことば
- IX 土地
- エピソード
- 付録

〈本書の特色〉
- ●引く辞典・読める辞典
- ●最新の情報を提供
- ●横組み・右開き
- ●見開き主体
- ●脚注・文献を添える
- ●エピソード項目を置く

【体裁】A５判・上製・カバー装・横組み・833頁
【定価】本体12000円＋税

宮坂覺［監修］

芥川龍之介作品論集成 全6巻 別巻1

【全巻の構成】
- ❶ 羅生門 今昔物語の世界　浅野　洋編
- ❷ 地獄変 歴史・王朝物の世界　海老井英次編
- ❸ 西方の人 キリスト教・切支丹物の世界　石割　透編
- ❹ 舞踏会 開化期・現代物の世界　清水康次編
- ❺ 蜘蛛の糸 児童文学の世界　関口安義編
- ❻ 河童・歯車 晩年の作品世界　宮坂　覺編
- 別 芥川文学の周辺 資料編　宮坂　覺編

芥川文学研究史を踏まえ、その時々に影響をもった、また、新たな地平を拓くと思われる論考を採録し、今後の芥川文学研究に寄与するべく編輯。

【体裁】A５判・上製・カバー装・２段横組み・平均300頁
【定価】1～6巻：4000円＋税 別巻：6000円＋税［全巻揃定価：30000円］